中國의 寓言故事

세월이 빚어낸
지혜와 웃음

이병한 엮음

明文堂

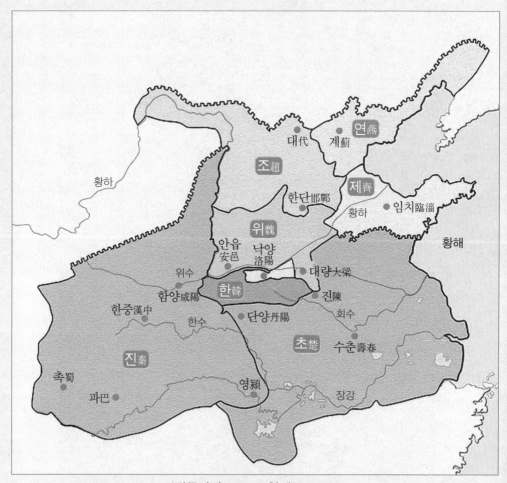

〈전국시대戰國時代 형세도形勢圖〉

중국 역대 우언고사에 대한 이해

중국은 큰 나라다. 땅덩어리가 넓고, 사람이 많고, 역사가 길며, 수천 년 전에 만들어진 한자를 지금도 전국에서 통일문자로 사용하고 있다.

많은 사람이 넓은 땅에서 오랜 세월 같은 문자를 사용하며 함께 살아 오면서 중국 사람들은 많은 역사와 이야기를 만들어 냈고, 많은 책을 찍어 냈다. 청나라 강희康熙 년간에 편찬된 〈강희자전康熙字典〉에는 총 47,035자의 한자가 수록되었고, 건륭乾隆 년간에 편찬된 〈사고전서四庫全書〉의 규모는 당시 중국 외의 다른 모든 나라에서 찍어 낸 책을 다 합친 것보다도 수량이 많고 내용도 풍부하였다고 전해진다.

재주 있는 사람들이 모여들면 그곳에 뭔가 일이 벌어지게 마련이다. 한나라 때 반고班固가 엮은 〈한서예문지 제자략漢書

藝文志 諸子略〉에는 당시까지의 학술 류파를 189가家로 정리하고, 그 가운데 볼만한 것으로 유儒, 묵墨, 법法, 음양陰陽, 종횡縱橫, 명名, 농農, 잡雜 등 이른바 구가자류九家者流로 제시하였다.

이들 학술 류파는 제각기 천하경영의 웅지를 품고 제후들을 찾아다니며 자기들의 이념을 설파하였고, 그들의 사상체계를 널리 알리기 위하여 많은 저술을 남겼다. 이들이 바로 춘추전국春秋戰國 시대를 누빈 웅변가들이오 전략가들이다. 후세 사람들은 이들을 통틀어 제자백가諸子百家라 부르고 그들의 주장을 백가쟁명百家爭鳴이라 하였다.

제자백가의 저술은 편폭이 크고, 논리가 고답적이어서 일반인이 받아들이기에는 쉽지가 않았으므로 저자들은 자기들의 저술 중간에 짧은 글로 고사를 엮어 넣어 비유를 들었다. 이것이 이른바 '우언고사寓言故事'의 연원이다. '우언'은 짧은 글, 짧은 이야기 속에 깊은 뜻을 담아내는 하나의 문장 형식이다.

중국우언사中國寓言史를 개관컨대 선진先秦 우언은 유세가들의 도도한 치세경륜을 담고 있고, 명청明淸 우언은 새로운 시민사회의 출현을 배경으로 사람들의 일상생활을 소재로 한 이야기들이 많이 올라와 마치 쌍봉낙타의 등과 같은 형상을 연상케 한다.

비유의 수법을 써서 짧은 글로 심오한 뜻을 담아내는 방식은 춘추 말년, 전국 초기에 출현한 〈묵자墨子〉, 〈맹자孟子〉, 〈장자莊子〉, 〈열자列子〉, 〈한비자韓非子〉, 〈여씨춘추呂氏春秋〉, 〈전국책戰國策〉 등에 그 예가 보이고, 그 뒤로 한위육조, 당·송을 거쳐 원·명 때에는 우언체寓言體 산문, 소화집笑話集에 이르기까지 그 활용 예가 이어져 나타난다.

중국 우언은 시대에 따라 그 성격을 달리하는데, 선진先秦 양한兩漢 시대에는 치세경륜의 언론이 주를 이루었고, 위진魏晉 당송唐宋대에는 글에 문인 취향이 느껴지고, 명청明淸대에는 서민들의 생활 감각이 베어 나온다.

중국의 역대 우언을 골라 읽다보면 시대변화에 따른 중국 사람들의 사유체계를 이해하는데 도움이 될 뿐 아니라 그 가운데 번득이는 지혜를 엿볼 수 있고, 아울러 웃음으로 번지는 생활의 여유도 누릴 수 있어 나이나 지식수준의 높낮이를 가리지 않고 폭넓은 독서취미를 함양하는데도 보탬이 될 것이다.

이 책에서는 중국의 역대 우언을 시대별로 배열하고, 그 내용을 쉬운 우리말로 옮기고, 출전을 밝혔다. 아울러 본문에 쓰

인 사자성어四字成語를 뽑아 제시하여 문장 감각을 살리도록
하였으며, 끝에 '해설'을 붙여 우언고사의 함축성을 이해하는
데 보탬이 되도록 하였다.

내가 김동구 사장을 처음 만난 것은 1968년 명문당에서 〈중
국소화서〉를 낼 때이다. 이번에 다시 명문당에서 〈세월이 빚
어낸 지혜와 웃음〉을 내는데, 두 책 모두 웃음을 담고 있어 근
반세기 동안 변치 않고 웃음으로 이어진 인연이다.

〈세월이 빚어낸 지혜와 웃음〉 편집과정에서 맑고 고운 목
소리를 지닌 이명숙 님을 만나 우리들의 웃음소리가 더욱 커
졌다. 시대별로 배열한 우언고사 앞에 엮은이의 자작동시 한
편씩을 배치하게 된 것도 그녀의 아이디어에 따른 것이다. 모
두 고마운 일이다.

2015년 6월

이병한 씀

차례

2. 兩漢양한

느린 것과 빠른 것

3. 六朝육조

빈 그릇

4. 唐宋당송

봄을 품은 겨울 산

5. 元明원명

평화공존

6. 明末淸명말청

인공위성과 소달구지

先秦
선 진

봄병아리

닭은 병아리를 깨우기 위해
스무날 알을 품고

겨울은 봄을 깨우기 위해
석 달 동안 봄을 품는다. (2015년 1월 15일)

이병한

수탉이 제 꽁지를 자르다

　빈맹賓孟이 교외로 산책을 나갔을 때 수탉이 제 꽁지를 자르는 것을 보았다.

　수행원에게 그 까닭을 물으니

　"사람에게 잡혀 제물로 희생될까 두려워서 그럴 것입니다."

라고 대답하였다.

　그는 서둘러 궁으로 돌아와 임금에게 그런 일이 있었음을 아뢰었다.

그리고 혼잣말로

"닭도 사람에게 잡혀 제물로 희생되는 것이 싫은 건
가?"

라고 중얼거렸다.

출전 『좌전左傳』

사자성어 웅계단미雄鷄斷尾

해설 수탉은 꼬리가 길고 그 색도 곱다. 수탉은 그 꼬리 때
문에 잡혀 제물로 바쳐지는 것이 두려워 사람들이 접
근하기 전에 스스로 자기 꼬리를 자른 것이다. 앞으로
닥칠 환난을 예견하고 그에 대비한다는 뜻이 담겨 있
다. 문헌 기록에 나타난 중국 최초의 우언산문이다.

사람 잃고 돈 잃고

제나라에 동곽창東郭敞이란 사람이 있었는데 바라는 것이 아주 많았다. 그는 억만금을 지니는 재산가가 되고 싶었다.

그를 따르는 문하생들이 살림이 어려워 좀 도와달라고 요청을 하여도 들은 체 만 체 하면서

"내 이 돈으로 벼슬 한 자리 살 생각이네!"

하는 것이었다.

그를 따르는 무리들이 다들 실망하고 송나라로 가버렸다.

출전 『상군서 래민商君書 徠民』

사자성어 원유만금願有萬金

해설 돈으로 벼슬을 사려는 사람 밑에 쓸만한 인재들이 모여들 리가 없다. 재물은 쌓아놓기만 하면 거기에서 부패요인이 발생하여 결과적으로 패가망신하기 쉽지만, 그것으로 어려운 사람들을 구제하면 재물의 효용가치도 높아진다.

남편들의 궁상

제나라에 아내와 첩을 데리고 사는 사람이 있었다. 그 사람은 집을 나가기만 하면 술과 고기를 실컷 먹고 돌아왔다. 그의 아내가 음식을 누구와 함께 먹었느냐고 물으면, 남편의 대답인즉 모두 부자나 귀족들이었다.

그의 아내는 첩에게

"남편이 집을 나가면 그때마다 술과 고기를 실컷 먹고 돌아오는데, 함께 음식을 먹은 사람에 대하여 물으면 모두 부자요 귀족들이라 합니다. 그런데 지금까지 신분이 높은 사람이 우리 집에 온 일이 없습니다. 내가 남편의 뒤를 밟아 그가 어디로 가는지 알아보려 합니다."

라고 말하였다.

다음날 이른 아침 그녀는 슬며시 남편의 뒤를 밟아

평일에 그가 늘 간다는 곳에 가 보았으나 시내를 다 지나도록 남편에게 말을 거는 사람이 아무도 없었다.

마지막으로 그가 다다른 곳은 동문 밖 공동묘지였는데 묘소에서 제사를 지내는 사람들 쪽으로 다가가서 남은 음식을 얻어먹고, 배가 덜 부르면 이곳저곳 두리번거리다가 다른 곳에 가서 또 걸식을 하였다. 이것이 바로 그가 배불리 먹고 마시는 방법이었다.

그의 아내는 집에 돌아와 그가 본대로 첩에게 알려 주었다. 그리고

"남편이란 우리가 평생을 의지하며 함께 살 사람인데, 우리가 믿고 따랐던 사람이 바로 이런 모양이오!"

하며, 마당에서 서로 부둥켜 안고 서럽게 울고 있었다.

그사이 있었던 일을 모르는 남편은 밖에서 돌아와 아내와 첩 앞에서 여전히 거드름을 피웠다.

사내가 부귀공명을 얻기 위하여 밖에서 취하는 행동을 보고 그의 아내나 첩이 부끄러워 눈물을 흘리지 않는 사람은 아마도 없을 것이다.

출전 『맹자 이루孟子 離婁』

사자성어 교기처첩驕其妻妾

해설 남자들이 밖에서 취하는 비굴한 행동이나 그들이 살아
남기 위하여 겪는 고통을 집에만 있는 아내나 첩은 잘
모를 것이다.

어학연수의 요체

초나라 대부가 그의 아들에게 제나라 말을 가르치기 위하여 제나라 사람을 가정교사로 모셔왔다.

제나라 말을 가르치는 사람은 하나인데 주변에서 밤낮 없이 초나라 말로 떠들어대니, 제나라 말을 배우려는 사람은 아무리 닦달을 하여도 제대로 성과를 거둘 수가 없었다. 이에 초나라 대부는 그의 아들을 제나라의 큰 도시로 보내 현지에서 제나라 말을 배우도록 하였다.

여러 해가 지나자 그에게 날마다 초나라 말을 하도록 닦달을 하였으나 역시 그렇게 되지 않았다.

출전 『맹자 등문공孟子 滕文公』
사자성어 초인제어楚人齊語
해설 외국어를 학습하는 데에는 현지 어학 수련이 가장 효과적이다.

선비가 팔을 걷어붙이다

진나라 사람 풍부馮婦는 호랑이를 잘 잡았는데 후에 선비가 되어 살생하는 일을 삼갔다.

어느 날 교외로 바람 쏘이러 나갔는데 사람들이 호랑이 한 마리를 쫓고 있었다. 호랑이는 산골 한 모퉁이에 버티고 있었는데 사람들이 아무도 선뜻 앞으로 나서지 못하다가 풍부가 오는 것을 보고 달려가 그를 반겨 맞았다.

풍부는 사람들의 청을 받아 타고 가던 수레에서 내려 팔을 걷어붙였고 사람들 모두가 그를 환호하였는데 유생들은 그를 비웃었다.

출전 『맹자 진심孟子 盡心』

사자성어 중개열지衆皆悅之

해설 사냥꾼이 살생을 그만두고 선비가 되겠다고 뜻을 세웠으나 긴박한 상황을 맞아 팔을 걷어붙이고 호랑이를 잡았다. 이를 두고 그를 변절자라고 비난할 수는 없는 일이다.

누가 누구를 웃어?

양혜왕은

"내가 나라를 다스림에 있어서는 마음을 다했다 할 수 있소. 황하 북쪽에 흉년이 들면 백성들을 황하 동쪽으로 이주시키고, 식량을 조달하여 황하 북쪽을 구제합니다. 황하 동쪽에 재난이 발생하여도 나는 이렇게 처리합니다. 이웃나라의 정치상황을 살펴보면, 나처럼 이렇게 정성을 다하지 않습니다. 그런데 그들의 백성은 조금도 줄지 않고, 우리나라의 백성은 늘지도 않습니다. 이는 어째서입니까?"

하고 맹자에게 물었다.

맹자는

"대왕께서는 전쟁을 좋아하시니 전쟁을 비유로 들어 보겠습니다. 싸움터에서 두웅둥 북이 울려 백병전이 벌어지면 지는 쪽이 투구와 갑옷을 벗어던지고 칼과 창을 질질 끌며 도망치기에 바쁩니다. 그 가운데 어떤 병사는 일백 보를 가다 멎고, 어떤 병사는 오십 보를 가다 멎습니다. 오십 보를 도망 간 사람이 일백 보를 달아난 사람을 보고 비웃는다면 될까요?"

라고 물었다.

양혜왕은

"물론 안되지요. 그들도 다만 일백 보를 달아나지 않았을 뿐이지 마찬가지로 싸움터에서 도망친 것이지요."

라고 대답하였다.

맹자는

"대왕께서 이미 이러한 도리를 알고 계시니, 왕께서
도 이쪽 백성이 이웃나라에 비하여 많아지기를 바라실
것도 없습니다."

라고 말하였다.

출전 『맹자 양혜왕孟子 梁惠王』

사자성어 시역주야是亦走也

해설 싸움터에서 패하여 도망가는 병사들의 도망거리를 따
지는 것이 무의미하다고 지적하면서 왕의 덕정을 강조
하는 맹자의 논리가 매섭다.

잘못은 바로 고쳐야

어떤 사람이 매일 이웃집 닭을 한 마리씩 훔쳤다. 누군가가 이를 보고

"그건 젊잖은 사람이 할 짓이 아니오!"

라고 말하자, 그 사람이

"그럼 좀 덜 훔치기로 하지요. 한 달에 한 마리씩 훔치다가 1년 뒤에는 그만 두기로 하지요."

라고 대답하였다.

잘못된 일인줄 알았으면 바로 그만 둘 것이지 내년까지 기다릴 게 무엇 있겠는가!

출전 『맹자 등문공孟子 滕文公』

사자성어 하대명년何待明年

해설 무슨 일이든 하다가 그것이 잘못되었음을 알면 즉시 그 일을 그만 두어야 한다. 그래야 피해를 최소화할 수 있다.

논에 심은 모를 뽑아 놓다

송나라의 어떤 사람이 자기 논의 모가 더디 자라는 것을 안타까이 여기고 논에 가서 모조리 뽑아 놓았다.

그리고 지친 모습으로 돌아 와 가족들에게

"오늘 지쳐서 쓰러질 지경이다. 내가 논의 모를 빨리 자라도록 쑤욱쑤욱 뽑아놓고 왔지!"

라고 자랑삼아 늘어놓았다.

그의 아들이 서둘러 가보니, 모는 이미 다 말라비틀어진 상태였다.

출전 『맹자 공손추孟子 公孫丑』
사자성어 망망연귀芒芒然歸
해설 하지 않아도 될 일을 공연히 저질러 오히려 일 전체를 망가뜨려 놓는 경우를 비꼰 우화이다.

잘 되었도다!

옛날 어떤 사람이 정鄭나라의 대부 자산子産에게 살아있는 물고기 한 마리를 선사하였다.

자산은 그것을 정원 관리인에게 주어 연못에 놓아주도록 하였다.

관리인은 물고기를 삶아 먹어버리고 자산에게

"물고기를 연못에 놓아주니 처음에는 어리둥절해 하더니 이내 활기를 찾아 휘익 헤엄쳐 가더이다."

라고 복명하였다.

자산은 그 말을 듣더니

"잘 되었도다! 잘 되었도다!"

라고 말하였다.

출전 『맹자 만장孟子 萬章』

사자성어 득기소재得其所哉

해설 물고기를 연못에 놓아주라고 한 자산의 지시를 어기고 그것을 삶아 먹어버리고 마치 참말인 것처럼 꾸며 복명한 관리인의 행태가 얄밉거니와, 거짓 복명을 듣고 "잘 되었도다!"라고 한 자산의 말뜻을 헤아리기가 쉽지 않다. 관리인의 복명을 듣고 물고기를 방생하여 살게 하였으니 그것을 다행으로 여긴 것인지 분간하기가 어렵다.

찌꺼기 같은 성인의 말씀

제나라 환공桓公이 마루 위에서 책을 읽고 있었고, 수레바퀴 장인이 마루 아래에서 바퀴 재료를 다듬고 있었다.

수레바퀴 장인이 손에 들고 있던 도구를 내려놓고 환공에게 물었다.

"지금 읽고 계시는 책이 무슨 내용입니까?"

"성인의 말씀이니라."

"성인께서는 지금도 살아 계시나요?"

"이미 다 돌아가셨느니라."

"그렇다면 지금 임금님께서 읽고 계시는 것이 옛날 사람들이 남긴 말씀의 찌꺼기 같은 것 아닌가요?"

환공이

"내가 책을 읽고 있는데 수레바퀴 장인 따위가 감히 무엇을 따지고 드는고? 대답을 제대로 하면 모르거니와 말을 제대로 못하면 죽게 될 것이니라."

라고 엄하게 꾸짖었다.

수레바퀴 장인이

"저는 제가 하는 일을 가지고 말씀드리는 것입니다. 수레바퀴를 짤 때 느슨하면 헐겁고, 빡빡하면 조여서 들어가지 않습니다. 느슨하지도 않고, 빡빡하지도 않게 하는 것은 손대중으로 하고 마음으로 가늠하는 것이지 말로는 할 수 없습니다. 그 어간에 수數가 있기는 하

나 저도 그것을 아들놈에게 설명해 줄 수 없고, 제 아들놈 또한 저에게서 그것을 받아가지 못합니다. 그리하여 나이 칠십이 되도록 내내 수레바퀴를 짜고 있는 것입니다. 옛날 사람이 무엇인가 전하여 줄 수 없다면 그것은 죽은 것입니다. 그러니 임금님께서 지금 읽고 계시는 것은 옛사람들의 말 찌꺼기일 뿐입니다."

라고 응대하였다.

출전 『장자 천도莊子 天道』

사자성어 구불능언口不能言

해설 옛날 사람이 남긴 책에서 얻는 관념적 지식과 지금 살아 있는 사람이 마음과 손끝으로 터득한 기술의 대결 장면이다.

송나라의 어떤 사람이 '손이 트지 않는 약'을 만들 줄 알아서 그것으로 대대로 세탁업을 운영하였다. 누군가가 이 소문을 듣고 많은 돈을 주면서 그 비방을 사자고 하였다. 세탁소 주인은 가족들을 모아놓고 상의하였다.

"우리 집은 대대로 세탁업을 운영하면서 번 돈이라고는 얼마 되지 않는데, 이제 그 비방을 많은 돈을 내고 사겠다는 사람이 있으니 그만 팔아버립시다."
하였다.

그 비방을 산 사람은 바로 오나라 임금을 찾아가 '손이 트지 않는 약'에 대하여 설명하였다. 때마침 월나라 군사가 오나라를 침범하였는데, 오나라 임금이 그를 장수로 임명하여 군사를 거느리고 나가 싸우도록 하였다.

한 겨울인지라 두 나라 군사들이 수상에서 전투를 벌이는데, 오나라 군사는 '손이 트지 않는 약' 비방 덕으로 월나라 군사를 크게 이길 수 있었고, 그 공을 인정하여 오나라 임금은 그에게 큰 벼슬을 내렸다.

'손이 트지 않는 약' 을 사용한 것은 같지만, 누구는 그것으로 큰 벼슬을 얻었고, 누구는 그것으로 세탁소를

운영하며 근근히 먹고 살았으니, 이는 그것을 어떻게
썼는지에 따라 운명이 달라진 것이다.

출전 『장자 소요유莊子 逍遙遊』

사자성어 취족이모聚族而謀

해설 사람은 누구나 자기 나름대로의 재주를 지니고 있다. 어떤 사람은 작은 재주로도 큰일을 해내는가 하면 어떤 사람은 큰 재주를 지녔으면서도 작은 일 밖에 해내지 못한다. 이는 바로 재주의 쓰임의 차이에서 오는 결과다. '손이 트지 않는 약'이 세탁업자에게는 한낱 생활 방편에 지나지 않았지만, 오나라의 장수에게는 적을 무리칠 수 있는 첨단 무기가 된 것이다.

쌈닭의 훈련과정

기성자紀渻子가 임금을 위하여 쌈닭을 훈련시켰다.
열흘이 지나서 임금이 물었다.

"훈련이 끝났는가?"

"아직입니다. 그들의 교만함이 성하여 자주 말썽을
부려 시합장에 내보낼 수 없습니다."

열흘이 지나 임금은 다시 물었다.

"아직입니다. 지금도 여전히 함께 있는 무리들의 움
직임에 민감하게 반응하며 냉정을 유지하지 못한 상태
입니다."

다시 열흘이 지나 임금이
또 물었다.

"아닙니다. 지금도 여전
히 이쪽 저쪽 두리번거리
고 기가 아주 드셉니다."

또다시 열흘이 지나 임금이 물었다.

기성자는

"얼추 되어갑니다. 지금 출전시키면 상대방이 큰소리를 내거나 위협적인 자세를 취해도 조금도 두려운 기색이 없이 침착하여 마치 나무로 깎아놓은 닭 같아 쌈닭으로서 자세를 다 갖추었습니다."

라고 대답하였다.

기성자가 이들 쌈닭을 데리고 시합장으로 나가자, 다른 닭들은 모두 전의를 잃고 꼬리를 내리고 도망치고 말았다.

출전 『장자 달생莊子 達生』

사자성어 질시성기嫉視盛氣

해설 고도의 훈련과정을 거친 투사는 상대방을 의식하지 않고 냉정을 유지하며 전방위 태세를 갖추어 상대방이 오히려 두려움을 느끼도록 한다.

좁은 땅덩어리 위에서 벌어진 싸움

달팽이 더듬이 왼쪽에 나라를 세운 것은 촉씨이고, 오른쪽에 나라를 세운 것은 만씨이다.

이들은 좁은 땅덩어리 위에서 땅을 더 많이 차지하기 위하여 서로 다투어 시체가 수만 명에 이르렀고, 적의 패잔병을 추격하여 15일 만에 돌아오기도 하였다.

출전 『장자 칙양莊子 則陽』
사자성어 쟁지이전爭地而戰
해설 달팽이 좌우쪽 더듬이 사이의 거리는 가깝다. 그런 처지에 싸움이 벌어져 수많은 사상자까지 내니, 참으로 가소롭다. 지구는 달팽이 더듬이 보다 넓고 넓은데 왠 싸움들을 그리 많이 하는지 또한 가소롭다.

일거양실

일거양실

조나라의 도성 한단邯鄲 사람들은 걸음을 멋있게 걸었다. 연나라의 도시 수릉壽陵의 젊은이가 그 걸음걸이를 배우려고 멀리에서부터 찾아왔다.

그러나 연나라의 젊은이는 조나라 사람들의 걸음걸이를 제대로 배우지 못하였을 뿐 아니라 자기 나라의 원래의 걸음걸이까지 잃어버려 마침내 엉금엉금 기다시피 자기 고향으로 돌아갔다.

출전 『장자 추수莊子 秋水』
사자성어 한단학보邯鄲學步
해설 다른 사람의 장점을 제대로 배우지도 못하고 자기가 원래 지니고 있던 능력까지 잃었으니, 그야말로 '일거양실一擧兩失'의 꼴이 되고 만 셈이다.

시간과 정력의 낭비

주평만朱泙漫이 지리익支离益에게서 용을 잡는 기술을
배우면서 가산을 탕진하였다.

삼 년에 걸쳐 학업을 완성하였는데 그 재주를 쓸 곳
이 없었다.

출전 『장자 열어구莊子 列御寇』

사자성어 삼년기성三年技成

해설 많은 시간과 경비를 들여 배운 기술을 쓸 곳이 없다면
실사구시實事求是의 학문정신에도 어긋난다.

쓸모 없음과 쓸모 있음

장자가 산중을 지나가는데 가지와 잎이 무성한 큰 나무가 앞에 보였다. 벌목하는 사람이 근처에 있었으나 그 나무는 거들떠보지도 않았다.

이유를 물으니

"쓸모가 없어요."

라고 대답하였다.

장자는

"이 나무는 쓸 만한 재목이 못되어서 제 수명을 다하는구나."

하였다.

장자가 산에서 내려와 친구 집에서 머물게 되었다. 친구는 무척 반가워하며 장자를 접대하기 위하여 사동 아이를 시켜 집에서 기르고 있던 거위를 잡도록 하였다.

사동 아이는

"집에 거위가 두 마리인데 하나는 울 수 있고, 다른 하나는 울지 못합니다. 어느 놈을 잡을까요?"

하고 물었다. 주인은

"울지 못하는 놈을 잡아라."

하고 일렀다.

장자를 따라왔던 학생은 장자에게 물었다.

"어제 산중의 큰 나무는 쓸모가 없어서 제 수명대로 살 수 있었는데, 오늘 이 집의 거위는 울지 못하는 탓에 죽임을 당하게 되었습니다. 선생님께서는 어떻게 처신 하시려는지요?"

하고 물었다.

장자는 웃으면서

"나는 쓸모 있음과 쓸모 없음 사이에 처신하겠네."

라고 대답하였다.

출전 『장자 산목莊子 山木』

사자성어 여시구화與時俱化

해설 심정이 청정무위하고 자연에 순응하게 되면 세속적 시비
에 말려들지 않을 수 있음을 말하고 있다.

큰 고기를 낚는 사람

　임壬나라의 공자가 커다란 낚싯바늘과 굵은 밧줄 끝에 황소 50마리를 꿰여 미끼로 삼아 회계會稽의 산 위에 걸터앉아 동해東海에 낚시를 드리웠다. 그런데 한 해가 지나도록 고기를 잡지 못하였다.

　그러다가 마침내 큰 고기가 미끼를 물고 긴 밧줄을 끌고 바다 깊은 곳으로 들어갔다. 솟구쳐 올라오면 흰 파도가 산처럼 일고, 바닷물이 출렁이며 들끓는 소리가

마치 귀신이 우는 것 같았고, 그 소리가 천 리 밖에까지
우렁우렁 울렸다.

　임 공자가 그 고기를 잡아 포를 떠서 말리니 절강성,
호남성 사람들이 온통 배불리 먹었다.

출전 『장자 외물莊子 外物』

사자성어 백파약산白波若山

해설 장자의 과장 수법이 참으로 호쾌하고 웅장하며 생동감이
　　　넘친다.

7일 만에 죽은 혼돈

　남해의 최고의 신을 숙儵이라 하고, 북해의 최고의
신을 홀忽이라 하고, 중앙 최고의 신을 혼돈渾沌이라 하
였다. 숙과 홀은 혼돈의 땅에서 자주 만났는데 그때마
다 혼돈은 숙과 홀을 극진히 대접하였다. 숙과 홀은 혼
돈의 은덕에 대하여 보답하는 방법을 찾아보기로 하였
다.

숙과 홀은 서로 의논한 결과

"사람은 누구나 일곱 개의 구멍이 있어 보고, 듣고, 먹고, 숨을 쉬는데, 혼돈에게는 이런 것들이 없으니 우리가 뚫어주기로 하자."

라고 뜻을 모았다.

그리고 마침내 하루에 구멍 하나씩을 뚫어 나갔는데, 일곱 날 만에 혼돈은 그만 죽고 말았다.

출전 『장자 응제왕莊子 應帝王』

사자성어 남해지제南海之帝

해설 모든 생명체는 저마다 생존양식이 다르다. 혼돈은 바로 '혼돈'이 그의 생존양식인데, 이를 망가뜨렸으니 결국 혼돈이 아니게 되어 죽고 말았던 것이다.

우물 안의 개구리와 동해의 큰 거북

우물 안의 개구리가 동해의 큰 거북에게 말하였다.

"나는 정말 즐겁게 살고 있습니다. 폴짝 뛰어올라 난간 위에서 놀고, 우물 안에 들어오면 벽의 틈 사이에서 쉬지요. 물속으로 퐁당 뛰어들면 물이 겨드랑이에까지 차오르고 턱 밑에 찰랑거립니다. 어쩌다 부드러운 진흙 위를 걸으면 다리가 묻히고 발등까지 차올라요. 휘 둘러보면 *며루나 방게나 올챙이들 그 누구도 나를 따를 수가 없지요. 거기에다 나는 이 우물을 독차지하고 있어 그 즐거움이 이만저만이 아니지요. 한번 놀러 오시지 않을래요?"

개구리의 초대를 받은 큰 거북이가 우물 안으로 들어가 보려는데 왼발이 미쳐 다 들어가기도 전에 바른 발이 난간에 걸렸다.

이에 천천히 발을 빼면서 개구리에게 동해의 광활한

경관을 소개하였다.

　"동해는 말이지 '천리의 아득함'으로도 그 넓음을 설명할 수 없고, '천 길의 높이'로도 그 깊이를 다 형용할 수 없다네. 우 임금 때 십 년에 아홉 번의 홍수가 있었지만 바닷물이 그로 인하여 불어나지 않았고, 탕 임금 때에도 8년 동안 일곱 번의 가뭄이 들었지만 바닷물

이 그로 인하여 줄어들지 않았다네. 저 바닷물은 시간의 흐름에 따라 불어나거나 줄어드는 일이 없다네. 이처럼 끝없이 넓고 깊은 동해에서 살고 있으니, 나에게는 큰 즐거움이기도 하네!"

개구리가 이 말을 듣고 눈이 휘둥그레지며 자신의 보잘 것 없음에 대하여 주눅이 들고 말았다.

＊며루 : 꾸정모기의 유충. 자방충孖蚄蟲.

출전 『장자 추수莊子 秋水』
사자성어 좌정관천坐井觀天
해설 "우물 안의 개구리가 하늘 높은 줄 모르고, 바다 넓은 줄 모른다."는 말도 이 우언에서 유래된 것이다. 작고 큰 것의 대비가 선명하다.

느리게 사는 지혜

동해에 의태意怠라는 새가 있다.

퍼드덕퍼드덕 휘적휘적 느려빠지고 높이 날지도 못하여 별 재주가 없어 보인다.

그러나 서로 의지하고 무리 지어 나르며 서로 뒤쫓듯 내려앉고 물러갈 때에도 뒤처지지 않는다.

먹이를 쪼을 때에는 앞을 다투지 않고, 집단행동에도 분명한 질서가 있다.

그리하여 모든 움직임에 혼란이나 흩어짐이 없어 남
이 해칠 수도 없어 환난을 면할 수 있다.

출전 『장자 산본莊子 山本』

사자성어 인원이비引援而飛

해설 속도를 추구하는 것은 시간을 아끼기 위해서이다. 모든 생명체는 생존
에 필요한 속도를 유지한다. 더디 가야 할 것이 빨리 간다던지, 빨리 가
야 할 것이 더디 가면 생존에 필요한 질서가 무너지고 혼란이 오게 된
다. 속도는 필요한 만큼 빨라야 하고 또 필요한 만큼 느려야 한다.

나비의 꿈

　옛날 장주莊周가 꿈에 나비가 되어 훨훨 나르고 아주 즐거웠는데 꿈에서 깨어나니, 또 장주가 되었다.

　장주가 꿈에서 나비가 된 것인지, 나비가 꿈에서 장주가 된 것인지 알 수가 없었다.

출전 『장자 제물론莊子 齊物論』

사자성어 장주몽접莊周夢蝶

해설 장주가 꿈에 내가 나비가 된 것인지, 나비가 꿈에 장주가 된 것인지 모르겠다는 말은 극명하게 물아일체物我一體의 우주론을 개진한 것이다.

봉황새와 올빼미

혜자가 양나라의 재상으로 있을 때 장자가 그를 만나
러 갔다. 누군가가 혜자에게 장자가 혜자의 자리를 빼
앗으러 오는 것이라고 고자질하였다.

혜자는 장자를 잡기 위하여 나라 안을 사흘 밤 사흘
낮 뒤졌다.

장자가 그를 가서 만나고

"남쪽나라에 봉황새가 있는데, 그대는 아는가? 봉황
새는 남해에서 출발하여 북해까지 날아가는데 오동나

무가 아니면 쉬지를 않고, 대나무 열매가 아니면 먹지 않으며, 향기로운 샘물이 아니면 마시지 않는다네.

그런데 숲 속에 올빼미가 썩은 쥐 한 마리를 움켜쥐고서 머리 위로 날아가는 봉황새를 치올려 보며 "혁!" 하고 위협을 하였다네. 지금 그대가 양나라 재상 되었다고 나를 겁주려는 것인가?"

하고 말하였다.

출전 『장자 추수莊子 秋水』

사자성어 앙이시지仰而視之

해설 썩은 쥐새끼 한 마리 손에 쥐고 하늘을 나는 봉황새가 자기의 먹이를 빼앗으려 오는 줄 알고 '혁!' 하고 외마디 괴성을 지르는 꾀죄죄한 올빼미의 몰골을 희화적으로 대비하고 있다. 그야말로 하늘과 땅 차이이다.

그림자의 포로가 된 사람

그림자가 무섭고 발자국이 싫은 사람이 그것을 떼어
놓으려고 마구 달렸다. 발을 자주 움직일수록 발자국
이 늘고, 빨리 달릴수록 그림자도 바짝 달라붙었다.

그 사람은 자기가 달리는 것이 더딘가 싶어서 쉬지
않고 마구 달리다 지쳐서 마침내 죽고 말았다.

그늘 아래로 들면 그림자도 없고, 가만
히 있으면 발자국도 없을 것인데 하는
짓이 정말 어리석기 짝이 없다.

출전 『장자 어부莊子 漁父』

사자성어 질주불휴疾走不休

해설 그늘 아래에 들면 그림자가 생기지 않을 것이고, 움직이지 않으면 발자
국도 생기지 않을 것인데, 사람들은 자꾸 자기를 드러내려 하고 자꾸 움
직여 결국 그림자와 발자국의 포로가 되고 만다.

임금의 치질을 핥다

송나라에 조상曹商이라는 사람이 있었는데, 왕의 명을 받들어 진秦에 사신으로 갔다. 그가 송나라를 떠날 때에는 수레 몇 대만 얻어 타고 갔는데, 진나라 왕이 그를 좋아하여 수레 백 대를 더 내려 주었다.

그는 송나라로 돌아와서 장자를 만나 이를 자랑하였다.

"궁벽하고 누추한 시골에 살며 가난하여 짚신이나 삼고, 여윈 목에 누런 얼굴을 하고 지내는 것은 저에게는 견디기 어려운 일입니다. 만승의 임금을 한 번 깨우쳐 주고 수레 백 대를 따르게 하는 것은 제가 자신있게 할 수 있는 일입니다."

그러자 장자는

"진나라 왕이 병이 나서 의원을 불렀는데, 종기를 째고 부스럼을 짜주면 수레 한 대를 주었고, 치질을 핥아

주면 수레 다섯 대를 주었지요. 치료하는 곳이 더러운
곳으로 내려갈수록 수레를 더 많이 주었다오. 그대는
아마 그의 치질을 핥아 주었나 보지요? 수레가 정말 많
기도 하네요."
라고 말하였다.

출전 『장자 열어구莊子 列御寇』
사자성어 진왕유병秦王有病
해설 장자는 벼슬자리를 얻기 위하여 권력자 앞에서 비굴하게
　　　 구는 인간 군상을 신랄한 어조로 풍자하고 있다.

긴급상황 대처법

　장주莊周가 살림이 곤궁하여 식량을 좀 빌리기 위하여 감하후를 찾아갔다.

　감하후는

　"좋습니다. 내가 고을의 세금을 다 걷게 되면, 당신에게 3백 금을 빌려 드리지요. 어떻습니까?"

라고 흔쾌히 대답하더라구요.

저는 화가 치밀어 말했지요.

"제가 어제 이곳으로 오는 중에 누군가가 뒤에서 저를 부르기에 뒤돌아 보았더니, 수레바퀴 자국 안에 붕어 한 마리 허우적거리고 있더라구요."

제가 물었지요.

"붕어야, 그래 무슨 일인데?"

붕어가 저에게 말했어요.

"저는 동해의 용왕의 신하이온데, 당신께서 물 한 말쯤 얻어다가 저를 살려주실 수 있겠어요?"

저는 바로

"좋아! 그렇게 하지. 내가 남쪽으로 가서 오나라, 월나라 임금을 만나 서강의 물을 끌어다가 너를 살려줄 수 있도록 하지. 어떤가?" 하였더니,

붕어가 발끈 노여운 빛을 지으면서

"제가 지금 위급상황에 처하여 의지할 곳이 없어 물 한 말만 있으면 살아나겠다고 부탁을 드렸는데, 그렇게 한가한 말씀을 하시니 차라리 건어물 가게에나 가서 저를 찾으세요!"라고 말하더라구요.

출전 『장자 외물莊子 外物』

사자성어 분연작색忿然作色

해설 당장 위급한 상황에서는 약간의 도움 만으로도 그 상황을 벗어날 수 있다. 미래를 향한 원대한 계획 따위는 위급 상황을 벗어나는데 도움이 안된다.

서시西施의 찡그린 모습

　서시가 가슴앓이로 이마를 찡그리며 마을 앞을 지나갔다. 마을의 못생긴 여자가 서시의 찡그린 모습이 멋있어 보여 자기도 가슴을 움켜쥐고 이마를 찡그리며 마을 앞에 모습을 드러냈다.

　그러자 마을의 부자들은 아예 문을 걸어 잠그고 집 밖으로 나오지 않고, 가난한 사람은 가족을 데리고 멀리 떠나버렸다.

　못생긴 여자는 서시의 찡그린 모습이 멋있는 줄만 알았지, 그녀가 왜 멋있어 보였는지를 몰랐던 것이다.

출전 『장자 천운莊子 天運』
사자성어 폐문불출閉門不出
해설 이마를 찡그린 모든 여자가 서시처럼 예쁘게 보일 리가 없다. 맹목적인 모방은 역효과를 초래하는 수도 있다. 사람은 누구나 생긴대로 살아야 한다.

도둑을 위한 배려

　사람들은 돈 상자를 털고, 돈주머니를 뒤지고, 돈궤를 열고 돈을 훔쳐가는 도둑을 막기 위하여 단단히 묶고 자물통도 채운다.

　이는 사람들이 일반적으로 취하는 방범조치고, 사람들은 또 이렇게 하는 것이 지혜로운 조치라고 여긴다. 그러나 진짜 큰 도둑이 오면 통째로 들고 가 버린다.

　그런데도 사람들은 자기가 돈궤를 제대로 묶지 못했거나 자물통을 제대로 채우지 못했을까? 걱정을 한다.

이렇게 보면 사람들이 도둑을 막기 위하여 취하는 조치가 오히려 도둑들이 편히 훔쳐갈 수 있도록 해주는 것이나 다름이 없다.

출전 『장자 거협莊子 胠篋』

사자성어 발궤지도發匱之盜

해설 은행 금고에 현금이나 귀금속을 보관해 둔 것을 금고털이가 몽땅 털어가기 편하도록 은행이 돕는 꼴이라 비난하는 억지논리이다. 문제는 제대로 된 방범체제의 확립이다.

신궁이 태어나는 과정

감승甘蠅은 옛날 활 잘 쏘기로 이름을 떨쳤다. 그가 활을 당기기만 하여도 짐승이 엎드려 기고 새가 땅으로 떨어졌다.

비위飛衛라는 제자가 활 쏘기를 감승에게 배웠는데 솜씨가 그의 스승을 뛰어넘었다. 기창紀昌은 또 활 쏘기를 비위에게 배웠다.

비위는 기창에게

"너는 먼저 눈을 깜박이지 않는 것부터 배우고 나서야 활 쏘기에 대하여 말할 수 있다."

고 일렀다.

기창은 집에 돌아와서 자기 아내의 배틀 아래에 누워 눈으로 북이 왔다 갔다 하는 것을 뚫어지게 바라보았다.

2년이 지난 뒤 북의 끝이 눈에 떨어져도 눈을 깜박이

지 않게 되었다. 기창은 자기가 그런 수준에 이르렀음을 비위에게 보고하였으나 비위는

"아직 멀었어. 다시 보는 것을 배워야 한다. 작은 것이 크게 보이고, 희미한 것이 분명하게 보이게 되면 나에게 알려라."

라고 일렀다.

기창은 이蝨를 머리카락에 묶어 창문에 매달아 놓고 남쪽을 향하여 바라보기 시작하였다.

열흘이 지나자 점차 크게 보였고, 3년이 지난 뒤에는 수레바퀴만큼 크게 보였다.

그러한 시력으로 다른 물건을 보니 모두 산 만큼 언덕만큼 크게 보였다. 시력이 그만한 수준에 이른 다음, 기창은 명품 활에 명품 살을 재어 쏘니 이의 심장을 관통하면서 이를 매달았던 머리카락은 끊어지지 않았다.

　　이 사실을 스승인 비위에게 알리자, 비위는 펄쩍펄쩍 뛰면서 가슴을 치면서

　　"자네, 이젠 되었네!"

하고 기뻐하였다.

출전 『열자 탕문列子 湯問』

사자성어 시미여저視微如著

해설 이름난 훌륭한 스승 밑에서 여러 해를 두고 뼈를 깎는 노력으로 단련하여 마침내 천하의 신궁으로 탄생하는 과정이 생동감 넘치는 필치로 묘사되어 있다.

강아지를 때리지 마라

양주楊朱의 아우 양포楊布가 흰옷을 입고 집을 나갔다
가 도중에 비를 만나 검정 옷으로 바꿔입고 집에 돌아
왔다.

집에서 기르던 강아지가 몰라보고 마구 짖어대자, 양
포가 괘씸한 생각이 들어 작대기를 들어 때리려 하자,
형인 양주가

"때리지 말아라. 너도 그랬던 적이 있었지 않느냐?
전에 흰둥이가 집을 나갔다가 검둥이가 되어 돌아왔을
때 이상하지 않더냐?"
라고 타일렀다.

출전 『열자 설부列子 說符』

사자성어 양포타구楊布打狗

해설 사람도 때로는 착각을 하기도 한다. 그리고 착
각의 결과가 엉뚱한 사건으로 발전하기도 한다.
그런 점에서 본다면, 사람의 감각은 집에서 기
르는 애완동물만도 못한 때가 흔히 있다.

기둥 사이를 감도는 여운

옛날 한아韓娥가 제나라에 갔을 때 노자가 떨어져 노래를 팔아 끼니를 때웠다.

그가 제나라 성문에 당도하여 맑고 고운 목소리로 노래를 부르니 많은 사람들이 모여들었다.

그리고 한아가 제나라 성문을 떠났는데도 그의 노랫소리가 성문 기둥 사이를 사흘 동안이나 감돌아 사람들이 그를 그리워하였다 한다.

출전 『열자 탕문列子 湯問』

사자성어 여운요량餘韻繞樑

해설 명작을 감상하고 나면 그 여운이 오래 남는다. "인생은 짧고 예술은 길다."는 말도 바로 뛰어난 예술품의 감화력을 두고 한 말이다.

황금에 눈이 멀어

제나라 사람이 부자가 되고 싶었다. 아침에 옷을 말끔하게 차려입고 거리로 나갔다. 그리고 금방 앞에 당도하여 닥치는대로 금을 훔쳐 달아났다.

도둑은 이내 붙잡혔다. 포도청 사람이

"사람들이 빤히 지켜보고 있는데, 어쩌자고 남의 재물을 마구 훔쳤느냐?"

하고 물었다.

그 사람은

"금을 훔칠 때에는 사람은 보이지 않고 금만 보입디다."

라고 대답하였다.

출전 『열자 설부列子 說符』
사자성어 견리사의見利思義
해설 눈앞에 이익이 보이면 먼저 그것을 자기가 취해도 좋은지 아닌지를 생각하여야 한다.

갈림길이 많아서

양자楊子의 이웃집 사람이 염소 한 마리를 잃어버렸다.

그 집 사람들이 모두 나서고 양자네 아이들까지 나서서 찾았다.

양자가

"허허, 염소 한 마리를 잃었는데 찾아 나선 사람이 어찌 이리 많소?"

하고 물었다.

"갈림길이 하도 많아서요."

양을 찾아 나선 사람들이 모두 돌아오자

"양은 찾았오?"

하고 물으니,

"찾지 못하였오."

"어찌 찾지 못하였오?"

　　"갈림길에 또 갈림길이 있어서 어느 길로 갔는지 몰
라서 그냥 돌아왔오."
라고 대답하였다.

　　양자는 자못 심각한 표정을 지으며 한동안 말도 하지
않고 종일토록 웃지도 않았다. 제자들이 이상히 여겨
어찌 그러시냐고 여쭈었다.

　　"양은 하찮은 것이고 또 선생님의 것도 아니신데, 말
씀을 잊고 웃지도 않으시니 어찌 된 일입니까?"

양자가 아무런 답을 하지 않으니 학생들도 그 뜻을
헤아릴 길이 없었다.

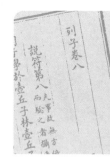

환상의 세계 - 인조인간

주나라 목왕穆王이 서쪽으로 순시를 나가 곤륜산을 넘어 엄산崦山에 이를 즈음 발길을 돌려 돌아오는 데 길에서 재주를 부리는 언사偃師를 만났다. 목왕은 언사를 접견하고

"그대는 무슨 재주를 지녔는고?"

하고 물었다.

언사는

"무엇이든 하라시는 대로 해보이겠습니다. 다만 제가 미리 만들어놓은 물건이 하나 있습니다. 그걸 먼저 보시지요."

라고 아뢰었다.

목왕은

"좋아, 내일 한 번 가져와 보게."

라고 일렀다.

다음날 언사를 접견할 때, 언사는 다른 사람 하나를 데리고 왔다.

목왕이

"누구인가?"

하고 물으니, 언사가

"제가 만든 인조인간이온대, 노래도 하고 춤도 출 줄 압니다."

라고 대답하였다.

목왕이 매우 신기해서 살펴보니, 그 인조인간이 걸음을 걷고, 허리를 굽히고, 고개를 쳐드는데 마치 진짜 사람 같았다. 가볍게 그의 아래턱을 건드리니 노래를 부르기 시작하는데 소리가 음률곡조에 맞고, 그의 손을 툭 한번 치니 춤을 추기 시작하는데 척척 박자가 맞았다. 동작이 천 가지 만 가지로 변화하였고, 모든 동작을 시키는 대로 척척 해냈다.

목왕은 그가 진짜 사람인 것이라 여기고 희빈 궁녀들과 함께 관람하였다.

공연이 끝날 무렵 이 인조인간이 눈알을 굴려 목왕의 시첩들에게 추파를 던지며 선정적인 동작까지 취하였다. 목왕은 크게 노여워하며 언사를 죽이려 하였다.

언사는 겁에 질려 당장 인조인간을 분해하여 목왕에게 보여 주었다. 분해된 인조인간의 부품들은 모두 가죽 쪼가리나 나무 토막이나 아교나 생칠 등을 배합하여 만들고 그 위에 흑, 백, 홍, 청 등 색을 칠한 것들이었다.

목왕은 인조인간을 자세히 관찰하더니 그 몸 안에 있는 간, 쓸개, 염통, 신장, 비장, 허파, 창자, 위장에서부터 근육, 뼈마디, 사지, 관절, 피부, 모발, 이빨 등이 모두 갖추어져 있고, 인조인데 진짜 같았다.

이들 부품들을 조립하니 다시 조금 전에 보았던 모습들이 되살아났다. 목왕이 그의 염통을 떼어내라 명령하니, 곧 말을 못하고 그의 신장을 떼어내니 걷지를 못하였다.

목왕은 그제야 매우 즐거워하면서

"사람의 솜씨가 세상만물을 만들어 내는 조물주의 솜씨와 맞먹는구나!"

하고 감탄해 마지 않았다.

출전 『열자 탕문列子 湯問』

사자성어 구불능언口不能言

해설 〈열자〉가 후인의 가탁이라고 여겨지기도 하나 주목왕 시절에 만들어졌다는 '인조인간'의 개념 자체가 현대 과학문명이 이룩한 '로봇'의 기술수준을 일찍이 넘어섰던 것으로 보여 참으로 놀랍다.

외과, 정신과 수술을 병행한 편작

노나라 사람과 제나라 사람이 병에 걸려 편작을 찾아가 치료를 받았다. 편작은 그들의 병을 고쳐주고 난 후 그들에게 말하였다.

"지금까지 그대들의 병은 병균이 몸 밖에서 내장으로 침범한 것이어서 약으로 고칠 수가 있었오. 그런데 지금 보니 그대들이 선천적으로 앓고 있는 병이 있는데, 고쳐 보시겠오?"

두 사람은 그 병의 증상에 대하여 알고자 하였다.

편작은 두 사람에게

"노나라에서 오신 분은 심지가 강하나 기가 약하여 일은 곧잘 도모하나 과단성이 모자랍니다. 그리고 초나라에서 오신 분은 심지는 약하지만 기가 세어서 생각은 좀 모자라나 곧잘 일을 저지릅니다. 만일 두 분의 심장을 서로 바꾼다면 서로에게 좋을 것이오."

라고 말하였다.

　두 사람으로부터 수술 동의를 얻은 편작은 그들에게
독한 술을 먹여 사흘 동안 마취를 하고 가슴을 절개하
여 심장을 꺼내어 서로 맞바꾸고 신비한 약을 처방하여
원래대로 고쳐 놓았다.

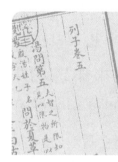

출전『열자 탕문列子 湯問』
사자성어 역이치지易以置之
해설 사람의 신체구조나 생리변화에 대하여 현대의학
　　　이 아직도 밝혀내지 못한 부분이 많다. 편작의
　　　환심술換心術은 현대의학이 쉽게 접근할 수 없는
　　　경지를 개척한 것이라 할 수 있다.

그게 그건데…

송나라에 원숭이 사육사가 있었는데 원숭이를 무리로 기르면서 원숭이를 사랑하였고, 원숭이들도 사육사의 말을 잘 알아듣고 따랐다.

그런데 사육사의 집안 형편이 어려워지면서 원숭이들에게 주는 식량도 줄여야 될 형편이 되었다.

사육사는 원숭이들의 불만을 달래기 위하여 한 꾀를 내었다.

사육사는 원숭이들에게

"매일 주는 도토리의 수를 아침에 세 개, 저녁에 네 개씩 주겠다."
고 하였더니, 원숭이들이 일제히 들고 일어나 불만을 표하였다.

이에 사육사는 다시 원숭이들에게

"그럼 아침에 네 개, 저녁에 세 개 주겠다."
하였더니, 원숭이들이 모두 좋아하였다.

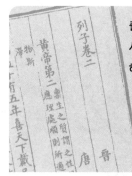

출전 『열자 황제列子 黃帝』

사자성어 조삼모사朝三暮四

해설 아침저녁으로 나누어 주는 도토리의 총량을 따지면 같은데, 원숭이들은 아침에 많이 주는 쪽을 좋아하였다. 원숭이들은 사육사의 말장난에 놀아난 것이다. 우매한 군중들이 정략가의 술수에 쉽게 넘어가는 모습을 꼬집은 것이다.

천리마를 볼 줄 아는 사람

진 목공이 백락에게

"그대 나이가 이제 많은데, 자손 가운데 말을 구하는 일을 시킬 만한 사람이 있는가?"

하고 물었다.

백락은

"좋은 말은 모습과 근골로도 알아볼 수가 있습니다. 그러나 천하에 귀한 말은 특징이 있는 듯 없는 듯, 숨은 듯 드러난 듯합니다. 이와 같은 말은 먼지가 일지 않고 발자국도 내지 않습니다. 저의 아들놈들은 모두 재주가 뛰어나지 못하여 좋은 말에 대하여는 말씀드릴 수 있을 것이오나 천리마에 대하여는 말씀드리지 못할 것입니다. 저와 함께 등짐 지고 나무하러 다니던 사람 가운데 구방고九方皐라는 사람이 있는데, 말에 관하여는 저만 못하지 않습니다. 한 번 만나 보시지요."

라고 말씀드렸다. 목공은 그를 불러 만나보고 말을 구하는 일을 맡겼다.

구방고는 3개월이 지나 돌아와서 보고를 올렸다.

"찾았습니다. 지금 사구砂丘라는 곳에 있습니다."

목공은

"어떻게 생긴 말인가?"

하고 물었다.

구방고는

"노란 털을 가진 암말입니다."

라고 대답하였다. 목공은 사람을 시켜 그 말을 데려오도록 하였는데 검은 털을 가진 수말이었다.

목공은 언짢어서 백락을 불러 말하였다.

"틀렸네. 그대가 천거한 사람은 털색이나 암수도 제대로 가릴 줄 모를 터에, 어찌 말을 제대로 볼 수나 있겠는가?"

　이 말을 듣고 백락은 크게 감탄하며

　"과연 그의 안목이 이 경지에까지 이르렀단 말인가!
바로 이것이 그가 저보다 천만 배나 나으면서도 그 정
도를 헤아릴 수 없는 점입니다. 구방고가 본 것은 천기
天機입니다. 그 정밀한 점을 꿰뚫어 보고 겉모양은 망각
하며, 보아야 할 것은 보며 보지 않아도 되는 것은 보지
않으며, 보이는 것을 보되 보지 않아도 되는 것은 버려

버린 것입니다. 구방고가 보는 말의 상은 말보다도 귀
한 것입니다."
라고 아뢰었다.

　말을 데려 왔는데, 과연 천하의 명마였다.

출전『열자 설부列子 說符』
사자성어 견기소견見其所見
해설 겉으로 보이는 것만 보는 사람은 대상 사물이
　　　　지니고 있는 본질의 가치를 보아 넘기기 쉽다.

편작의 조기 발견 조기치료

편작이 채나라 환공을 잠시 만났다.

편작은

"임금님께서는 살갗에 병이 있으십니다. 서둘러 치료하지 않으면 병이 깊어질 것입니다."

라고 말하였다.

환공은

"나에게는 병이 없네."

라고 말하였다.

편작이 나간 뒤 환공은

"의원이란 작자들은 없는 병을 고치기를 좋아한단 말이야."

라고 말하였다.

열흘이 지난 뒤 편작은 다시 환공을 만나보고

"임금님의 병이 살 속으로 파고들었습니다. 서둘러

고치지 않으면 병이 더욱 깊어질 것입니다."

라고 말하였다.

환공은 들은 척 만 척하였다.

열흘이 지난 뒤, 편작은 다시 환공을 만나보고

"임금님의 병이 위장에 이르렀습니다. 치료하지 않으면 병이 더욱 깊어질 것입니다."

라고 말하였다.

환공은 또 대꾸도 하지 않았다. 편작이 나가자, 환공은 언짢은 생각이 들었다.

다시 열흘이 지난 뒤 편작이 저만치서 환공을 바라보기만 하더니 그냥 돌아서서 가버렸다. 환공이 사람을 시켜 그 까닭을 물었다.

편작은

"병이 살갗에 있을 때에는 탕약으로 고칠 수가 있고,

병이 살 속에 있을 때에는 침석으로도 고칠 수 있고, 병이 위장으로 들면 탕약으로도 고칠 수 있습니다. 그런데 병이 골수까지 파고들면 그건 사람의 수명을 관장하는 신이 다루는 영역에 속합니다. 지금 임금님의 병은 골수까지 파고들어 저로서도 뭐라 청을 드릴 나위가 없는 지경에 이르렀습니다."
라고 대답하였다.

닷새가 지나자, 환공은 통증이 심해져서 사람을 시켜 편작을 찾았으나 그는 이미 진나라로 도망가고 없었고, 환공은 마침내 죽고 말았다.

출전 『한비자 유로韓非子 喩老』
사자성어 사인문지使人問之
해설 인체에 생기는 모든 질병은 조기에 발견하면 치료하기도 그만큼 쉬워진다. 채나라 환공의 병을 관찰하고 편작이 내린 처방도 조기 발견, 조기치료의 개념이다.

공자가 어린이에게 겪은 창피

공자가 동쪽으로 유세를 가다가 길에서 두 아이가 서로 다투고 있는 것을 보았다. 공자는 다투고 있는 까닭을 물었다.

한 아이가

"하늘에 해가 처음 뜨면 사람과 거리가 가깝고, 한낮이 되면 멀어진다고 생각합니다."

그러자 다른 한 아이는

"해가 처음 뜨면 사람과 멀고, 한낮이 되면 가깝다."

고 우겼다.

한 아이가

"해가 처음 뜰 때에는 해가 수레 위의 우산처럼 크지만 한낮이 되면 쟁반이나 접시만큼 작아집니다. 이는 먼 것이 작고 가까운 것이 크게 보이기 때문 아니겠어요?"

하였다. 그러자 다른 아이가

"해가 처음 뜰 때에는 서늘하지만 한낮이 되면 뜨거
워지는데, 이는 가까우면 뜨겁고 멀면 서늘해지기 때문
이 아니겠어요?"

하고 반론을 폈다.

공자는 이 문제에 대하여 판결을 내릴 수가 없었다.

그러자 두 아이는 웃으면서

　"누가 당신을 보고 아는 것이 많다 하였나요?"

하고 의아해하였다.

출전 『열자 탕문列子 湯問』

사자성어 소아변일小兒辯日

해설 아이들 보기에는 사람과 해의 거리에 대하여 공
　　　자가 자기들 만큼도 아는 것이 없다는 생각이
　　　들었음직하다. 자기들은 그것이 맞든 틀리든 자
　　　기들 나름대로의 생각이 있는데 공자는 아무 말
　　　도 못했기 때문이다.

하늘에 울려 퍼지는 노랫소리

설담薛譚이 노래를 진청秦靑에게서 배웠는데, 진청의
기법을 다 배우지도 않고 스스로 다 배웠다 여기고 스
승을 떠났다.

진청이 설담을 교외까지 전송하면서 비장한 가락을
붙여 노래를 부르는데 소리가 쩌렁쩌렁 숲 속에 울리고
하늘을 나르는 구름도 가다가 멈추었다.

설담은 잘못을 사죄하고 다시 스
승 곁으로 돌아갔고, 평생토록
집으로 돌아가겠다는 말
을 입 밖에 내지 않았다.

출전 『열자 탕문列子 湯問』
사자성어 향알행운響遏行雲
해설 예술의 경지는 끝없이 높고 깊은데 어설피 배
운 자기의 기량을 뽐내는 사람은 그 높고 깊은
경지에 다다를 수 없다.

풍속의 허실

조나라의 수도 한단邯鄲 사람들이 설날이 되면 비둘
기를 잡아 간자簡子에게 바쳤고, 간자는 그들에게 매양
후한 상을 내렸다.

누군가가 간자에게 그 연고를 묻자, 간자는

"설날에 방생한다는 것은 은혜를 베푼다는 뜻이 있
지요."

라고 대답하였다.

그러자 그 사람이

"당신께서 방생을 좋아한다는 것을 알고 백성들이 비둘기를 마구 잡아대니 그 사이에 죽어나가는 놈도 많습니다. 진정으로 방생을 바라신다면, 백성들로 하여금 비둘기를 잡지 못하도록 하는 편이 낫습니다."

라고 권하였다.

출전 『열자 설부列子 說符』

사자성어 포구방생捕鳩放生

해설 '방생'은 잡았던 것을 다시 살려준다는 명분이지만 진정으로 그것이 살아있기를 바란다면 그들이 살아있는 상태를 그대로 보호해주는 것만 못하다.

남을 의심하는 마음

어떤 사람이 집에서 쓰던 도끼를 잃어버렸다.

그는 이웃집 아이가 그 도끼를 훔쳐 간 것으로 의심
을 하였다. 그 뒤로 그의 모든 언행이 분명 그가 도끼를
훔쳐 간 사람처럼 보였다.

얼마 뒤 농부는 텃밭을 일구다가 잃어버린 도끼를 찾
았다. 그 뒤로 이웃집 아이의 언동
거지에서는 도끼 도둑으로 의
심받을 만한 구석을 전혀
발견할 수 없었다.

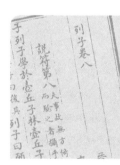

출전 『열자 설부列子 說符』

사자성어 망부의린亡斧疑隣

해설 도둑을 맞은 사람이 의심하는 눈으로 다른 사람
을 보면 주변 사람 모두가 도둑으로 보인다. 그
러나 믿음과 사랑으로 이웃을 대하면 이웃이 모
두 착한 사람으로 보인다.

공짜를 바란 농부

송나라 사람이 밭을 갈고 있었는데 토끼 한 마리가 뛰어오다가 나무 그루터기에 부딪쳐 목이 부러져 죽었다. 토끼를 거져 얻은 농부는 그 뒤로 농기구를 버리고 그 자리를 지키며 토끼가 다시 그런 모양으로 나타나기를 바랐다.

그러나 토끼는 다시 얻지 못하고 그의 행동은 온 나라에 웃음거리가 되고 말았다.

출전 『한비자 오두韓非子 五蠹』

사자성어 수주대토守株待兎

해설 농부의 본분은 열심히 밭을 일구어 소득을 올리는 일이다. 우연히 얻은 토끼를 다시 얻기 바라고 농사까지 포기하는 것은 참으로 어리석은 일이다.

같은 말도 듣기에 따라

송나라에 부자가 살았다. 큰 비가 내려 그가 살던 집 담장이 무너졌다.

그의 아들이

"서둘러 담장을 보수하지 않으면 반드시 도둑이 들 것입니다."

그리고 이웃집 노인도 같은 말을 하였다.

그날 밤 그 집에서는 크게 도둑을 맞았다.

부잣집 영감은 그의 아들을 매우 지혜롭다 여겼고,
이웃집 노인을 도둑으로 의심하였다.

출전 『한비자 세난韓非子 說難』

사자성어 지자의린智子疑隣

해설 같은 말도 말하는 사람의 신분이나 표정 또는 시점에
따라 그 의미가 매우 다양하게 받아들여진다. 듣는 사
람이 스스로 객관적인 판단 기준을 마련하여야 한다.

거리에 호랑이가 나타났다

위나라의 대신 방공龐恭이 태자를 수행하여 조나라에 인질로 잡혀갈 때 위왕에게

"지금 어떤 사람이 시중에 호랑이가 나타났다 말하면, 왕께서는 이를 믿으시겠습니까?"

하고 물었다.

"믿지 않을거네."

"두 사람이 시중에 호랑이가 나타났다 말하면, 왕께서는 이를 믿으시겠습니까?"

"믿지 않을거네."

"세 사람이 시중에 호랑이가 나타났다 말하면, 왕께서는 이를 믿으시겠습니까?"

"나는 그 말을 믿게 될 것이네."

방공이

"시중에 호랑이가 없음은 분명합니다. 그러나 세 사람이 같은 말을 하면 호랑이가 있게 됩니다.

이제 조나라의 도읍 한단邯鄲은 위나라의 거리보다 멉니다. 앞으로 왕에게 저의 험담을 늘어놓을 사람도 반드시 세 사람보다 많아질 것입니다. 대왕께서는 이런 점을 잘 살피시기 바랍니다."

방공이 한단에서 돌아 왔으나 끝내 왕을 만나 볼 수 없었다.

출전 『한비자 내저설韓非子 內儲說』

사자성어 삼인성호三人成虎

해설 전혀 신빙성이 없는 허황한 소리도 그것을 말하는 사람이 많아지면 사람들은 그것을 사실로 믿게 된다. 그것이 유언비어의 속성이다.

사나운 개가 술도가를 망친다

술도가를 운영하는 사람이 있었다. 되질이 정직하고, 손님에게 친절하고, 술맛도 좋고, 술도가 깃발도 늘 높이 펄럭이는데 장사가 잘 안되어 술맛이 자꾸 시어졌다. 술도가 주인이 그 까닭을 마을 어르신께 여쭈어 보았다.

어르신께서는

"당신 가게의 개가 사나운 것 아니오?"

라고 물었다.

"개가 사나우면 왜 술이 안 팔리나요?"

"사람들이 무서워하기 때문이지. 혹 어린아이에게 술 심부름을 시켰을 경우 개가 사납게 짖으며 달려들면 누가 그 집으로 술을 사러 가겠오? 이게 바로 당신네 술도가의 술이 자꾸 시어빠지고 잘 안 팔리는 까닭이오."

라고 설명해 주었다.

　나라에도 개가 있다. 훌륭한 학식을 지니고 있고, 덕망이 높은 분이 아무리 많아도 조정에 사나운 개가 많으면 인재 등용에 어려움을 겪게 된다.

출전 『한비자 외저설韓非子 外儲說』

사자성어 구맹주산狗猛酒酸

해설 술도가에 사나운 개가 있으면 술이 잘 안 팔리는 것처럼 조정에 간신배들이 진을 치고 있으면 훌륭한 인재들이 등용되기가 어렵다.

늙은 말이 길을 찾는다

관중管仲, 습붕隰朋이 제나라 환공을 따라 고죽국孤竹國을 정벌하는데, 봄에 출발하여 겨울에 돌아오다가 도중에 길을 잃었다.

관중이

"늙은 말의 지혜를 빌려 쓸만합니다."

라고 말하고, 늙은 말을 풀어주고 그 말 뒤를 따라 길을 찾았다.

산중을 행군하는데 장졸이 마실 물이 없자, 습붕이

"개미는 겨울에는 산의 양지바른 곳에 살고, 여름에

는 산의 그늘진 곳에 삽니다. 개미굴을 한 치寸만 파면

물을 얻을 수 있습니다."

라고 말하였다.

그의 말대로 땅을 파자, 물이 나왔다.

출전 『한비자 설림韓非子 說林』

사자성어 춘왕동반春往冬返

해설 '나이 든 말이 길을 찾는다'는 말이 있다. 경험이
풍부한 사람의 지략은 긴박한 상황을 빠져나오
는데 크게 도움이 된다.

'촛불을 들라'는 뜻은?

초楚나라 도성에 사는 사람이 연燕나라 재상에게 밤에 편지를 쓰면서 불이 밝지 못하여 초를 들고 있는 사람에게

"초를 들어라."

라고 말하면서, 무심코 편지 속에

"초를 들어라."

라고 써 넣었다.

연나라 재상이 편지를 받아보고

"초를 들어라."

하는 말뜻을 풀지 못하고 궁리 끝에 불현듯 그 말이

"밝음을 숭상하라."

는 뜻을 담은 말로, 현명한 인재를 골라 그들에게 중책을 맡기라는 말이라고 풀이하고 그 사연을 임금에게 아뢰었고, 임금도 기꺼이 그 뜻을 받아들여 결과적으로 나

라가 잘 다스려졌다.

  그러나 그것은 원래 편지를 쓴 사람의 생각은 아니었
다.

출전 『한비자 외저설韓非子 外儲說』
사자성어 거현임지擧賢任之
해설 같은 말도 좋은 뜻으로 풀이하면 좋은 결과를 얻을
수 있다.

자기 발 크기를 몰라

정나라 사람이 신발 한 켤레를 사려고 미리 자기 발 치수를 재어 놓았다.

그런데 시장에 갈 때 그 문서를 들고 가는 것을 잊었다.

시장에 가서 자기 발에 맞는 신발을 골랐으나 그 사람은

"어? 발 치수를 재어 놓은 문서를 잊고 왔네."

하며, 집으로 돌아와 그 문서를 찾아들고 다시 시장에

갔으나 시장이 파하여 신을 살 수가 없었다.

　누군가가

　"그 자리에서 자기 발에 맞춰 보면 될 것 아니요?"

하고 말하였으나, 그 사람은

　"그래도 문서가 있어야지. 자기 발은 못 믿어!"

하더란다.

출전 『한비자 외저설韓非子 外儲說』

사자성어 오망지도吾忘持度

해설 신발 가게에서 자기 발을 옆에 두고 발 크기를
　　재어 놓은 문서를 찾고 있으니, 참으로 답답한
　　사람도 있었던 모양이다.

뇌물을 받지 않는 것이 보물

송나라의 하층민 하나가 귀한 옥돌을 얻어 그것을 대부 벼슬의 자한子罕에게 바쳤으나, 자한은 이를 받지 않았다.

옥돌을 바친 사람은

"이건 정말 귀한 보물입니다. 당신 같은 분에게나 어울리는 보물이지 하찮은 사람들에게는 어울리지도 않습니다."

라고 강력히 권하였다.

　자한은

　"당신은 옥돌을 보물로 여기지만, 나에게는 그대의
옥돌을 받지 않는 것이 보물인 것입니다."
라고 끝내 사양하였다.

출전 『한비자 유로韓非子 喩老』
사자성어 불탐위보不貪爲寶
해설 아무리 좋은 물건이라도 그것을 뇌물로 받으면 보물
　　이 될 수 없다. "뇌물을 받지 않는 것을 보물로 여긴
　　다"한 자한의 말을 높은 자리에 있는 사람들은 가슴
　　에 새겨둠직하다.

막돌과 보석

초나라 사람 화씨和氏가 좋은 옥돌을 초산 가운데서 얻어 이를 여왕厲王에게 바쳤다. 여왕은 구슬 감정사에게 이를 감정토록 하였는데, 감정사는

"막돌입니다."

라고 아뢰었다. 왕은 화씨가 왕을 속인 죄를 물어 화씨의 왼쪽 다리를 잘랐다.

여왕이 죽고 무왕武王이 즉위하자, 화씨는 다시 그 옥돌을 무왕에게 바쳤다.

무왕은 구슬 감정사에게 이를 감정토록 하였는데 이번에도

"막돌입니다"

라는 대답이었다.

왕은 또 화씨가 왕을 속인 죄를 물어 그의 바른 쪽 다리를 잘랐다.

무왕이 죽고 문왕文王이 즉위하였다. 화씨는 그 옥돌
을 안고 초산 아래에서 사흘을 밤낮으로 울고 눈물이
마르자 피까지 토하며 통곡하였다.

왕이 그 소리를 듣고 사람을 시켜

"어찌 그리도 슬피 우는가?"

하고 물었다.

화씨는

"저는 발이 잘린 것을 슬퍼하는 것이 아니고 보석인데, 이를 막돌이라 하고 곧은 선비를 왕을 속인 자라 하니, 저는 이를 슬퍼하는 것입니다."
라고 말하였다.

왕은 감정사를 시켜 그 옥돌을 다듬어 귀한 보석을 얻었고, 사람들은 마침내 이를 '화씨의 구슬(和氏之璧)'이라 이름하였다.

출전 『한비자 화씨韓非子 和氏』

사자성어 화씨헌벽和氏獻璧

해설 보는 눈이 있는 사람은 막돌 가운데서도 보석을 찾아내는데, 눈이 어두운 사람은 보석을 앞에 두고 막돌이라 하여 내팽개치기도 한다. 몇 년 전에 우리나라에서도 하늘에서 떨어진 별똥별이 황금보다 귀하다 하여 한바탕 소동이 벌어진 일이 있었다.

말만 보고 달려라

조나라 양자襄子가 이름난 말 조련사 왕우기王于期에게서 마차를 모는 법을 배웠다.

그리고 얼마 뒤에 왕우기와 마차 경주를 벌였다. 말을 세 번이나 교체하면서 달렸는데 번번이 왕우기에게 뒤졌다.

조양자는 좀 언짢아져서 왕우기에게 볼멘소리로

"자네가 나에게 마차를 모는 법을 제대로 가르쳐주지 않은 것 아닌가?"

하고 따졌다.

왕우기는

"저는 이미 모든 것을 다 전수해 드렸습니다. 다만 임금님께서 기술을 운용하는데 있어 저와 차이가 생겼을 뿐입니다. 마차를 몰 때 무엇보다도 중요한 것은 수레와 말이 제대로 한 짝을 이루어야 하고, 마음을 오로지 말을 모는 데에만 쓰셔야 합니다. 그래야 비로소 마차를 몰 수 있게 되는 것입니다. 임금님께서 마차를 몰면서 저에게 좀 뒤지면 급한 마음으로 따라잡으려 하고, 앞을 다툴 때 제가 따라잡을까 걱정을 하고 계십니다. 원래 경주할 때에는 서로 앞서거니 뒤서거니 하게 되어 있는데, 임금님께서는 앞서 나가려고만 하고 뒤질까 겁이 나서 주의력을 온통 저에게만 집중하시니, 어

찌 일심전력으로 마차를 모실 수 있겠습니까? 이 점이
바로 임금님께서 번번이 저에게 뒤지는 이유입니다."
라고 해명해 주었다.

출전 『한비자 유로韓非子 喩老』

사자성어 쟁선공후爭先恐後

해설 경쟁에서는 서열이 생기게 마련이다. 무슨 일을 하
든 최선을 다한다는 마음가짐이 중요하다. 단거리를
뛰는 선수가 달리면서 이쪽저쪽 두리번거릴 여유가
어디 있겠는가!

거짓 보고로 부자가 된 정탐꾼

제나라가 송나라를 침공하자, 송나라 임금이 정탐꾼을 보내어 제나라 군사들이 어디까지 와 있는지 알아보도록 하였다.

정탐꾼은

"제나라 군사들이 도성 가까이에까지 이르렀고, 백성들이 공포에 떨고 있습니다."

고 보고하였다.

정탐꾼의 보고를 듣자마자, 송나라 임금의 측근들이 임금에게 앞다투어

"이것이야말로 제 살 속에 벌레를 키우고 있는 꼴입니다. 우리나라가 이처럼 강대하고 제나라 병력이 또한 형편없이 약한 터에 어찌 저놈이 말한 대로의 일이 벌어지겠습니까?"

라고 아뢰었다.

　측근 신하들의 말을 듣고 임금은 크게 노여워하며 허위로 보고를 한 죄를 물어 정탐꾼을 죽이고 말았다.

　송나라 임금은 다시 정탐꾼을 보내어 적정을 살피도록 하였다. 그의 보고 내용도 앞사람과 같았으므로 그 역시 죽임을 당하였고 같은 일이 되풀이 되었다.

　그 뒤로 또 사람을 시켜, 가서 적정을 알아보도록 하였다. 제나라 군사는 도성에 더 가까이 와 있었고, 백성들도 모두 공포에 떨고 있었다. 적정을 살피기 위하여 전선으로 가던 정탐꾼은 도중에 자기 형을 만났다.

　형은 아우를 보고

　"사태가 위급한 때에, 너는 지금 어디를 가느냐?"

하고 물었다.

　아우는

　"임금의 명으로 적정을 살피러 전선으로 가는 길입

니다. 제나라 군사가 이처럼 가까이에까지 와 있고, 백성들이 모두 이처럼 두려움에 떨고 있는 줄은 몰랐습니다. 당장 이를 사실대로 보고하여도 죽임을 당하게 생겼고, 사실대로 보고하지 않아도 죽게 생겼으니 어찌하면 좋아요?"

라고 형에게 물었다.

형은

"사실대로 말하면 남보다 먼저 죽게 생겼으니 거짓으로 얼버무려 보고하고, 나라가 망하기 전에 먼저 달아나는 것이 상책이다."

라고 말하였다.

이에 정탐꾼은 송나라 임금에게

"제나라 군사는 그림자도 보이지 않고, 백성들도 매우 평온한 상태입니다."

라고 거짓으로 보고하였다.

임금은 매우 기뻐하였고, 좌우의 신하들도 입을 모아

"앞서 죽은 자들은 죽어 마땅한 놈들입니다!"

라고 오히려 거짓 보고를 한 정탐꾼을 칭찬하였다.

임금도 그에게 많은 상금을 내렸다.

적의 군사가 도성 안에까지 밀고 들어오자, 임금은 황급히 수레를 몰고 달아났고, 정탐꾼은 많은 돈을 가지고 다른 나라에 가서 부자 행세를 하며 살았다.

출전 『여씨춘추 옹색呂氏春秋 雍塞』
사자성어 국인심안國人甚安
해설 전란 중에는 유언비어가 떠돌고 그 진위를 가리기가 어렵다. 정확한 정보를 수집하고 냉철하게 판단하고 위기를 돌파할 수 있는 용기가 필요하다.

들통 난 위장 악공

제나라 선왕은 3백 명 규모의 합주단이 연주하는 관악을 감상하기를 좋아하였다.

남곽南郭씨가 임금의 눈과 귀를 속여 합주단의 일원으로 끼어들어 높은 급료까지 챙겼다.

선왕이 죽고 민왕이 즉위하자, 민왕은 독주를 즐겨 들었으므로 남곽씨는 더 이상 가짜 악공 노릇을 할 수가 없어 도망치고 말았다.

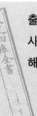

출전 『한비자 내저설韓非子 內儲說』

사자성어 남우충수濫竽充數

해설 어설픈 악공이 합주단에 끼어들어 연명할 수는 있겠으나 독주의 경우에는 얼버무리고 넘어갈 방법이 없다. 그래서 남곽씨가 도망친 것이다. 어떤 분야이건 제 실력으로 세상을 살아나가야 한다.

...

실패한 보석 거래

초나라 사람이 귀한 구슬을 정나라까지 가지고 가서 파는데 목란나무로 상자를 짜고, 계피 후추로 향을 내고, 반짝이는 옥으로 장식하고 비취를 주저리주저리 매달아 매장에 내놓았다. 그러자 어떤 사람이 와서 상자만 사고 구슬은 돌려주었다.

결국 상자는 잘 팔았으나 구슬은 제대로 팔지 못한 셈이다.

출전 『한비자 외저설韓非子 外儲說』

사자성어 매독환주買櫝還珠

해설 겉치레를 지나치게 강조하면 본질에 손상을 초래하는 경우가 왕왕 있다. 그렇게 되면 목적 달성에 실패하기 쉽다.

부모가 아들에게 한 약속

증자의 아내가 시장에 가려는데 아들이 따라가겠다
고 떼를 썼다.

그 어머니는

"너 집에 가 있거라. 돌아와 돼지를 잡아주마."
하고 달랬다.

증자의 아내가 시장에서 돌아오자, 증자가 돼지를 잡
을 준비를 하였다.

증자의 아내가 이를 말리면서

"아이에게 거짓 약속을 한 것일 뿐이오."
하였다. 그러자 증자는

"아이에게 거짓말을 하면 안 되오. 아이는 지각이 없
는 터에 부모의 언행을 보고 배우고, 부모의 가르침에
따르기 마련이오. 지금 당신이 속이면, 이는 곧 아들에
게 남을 속이는 법을 가르치는 셈이오. 어머니가 아들

을 속이고, 아들이 부모를 속이는 것은 올바른 교육이
아니오."
라고 말하였다.

　증자 내외는 약속대로 돼지를 잡아 그 고기를 아들에
게 먹였다.

출전 『한비자 외저설韓非子 外儲說』

사자성어 증자살저曾子殺猪

해설 부모는 자녀들이 가장 가까운 거리에서 보고 배우
는 교본이다. 부모가 자녀들을 상대로 본을 보이는
것은 교육의 첫걸음이다.

노나라 사람이 월나라로 이사 가다

　노나라 사람이 짚신을 잘 삼았고, 그의 아내는 비단을 잘 짰는데 월나라로 이사를 가려 하였다.

　그러자 누군가가 이를 말리면서

　"그곳으로 가면 반드시 가난해질 것이오."

라고 말하였다.

　그 부부는

　"어째서요?"

하고 물었다.

　"짚신은 발에 신는 것인데 월나라 사람들은 맨발로

다니고, 비단은 모자를 만드는데 쓰이는 것인데 월나라 사람들은 산발을 하고 다닙니다. 당신네들은 좋은 기술을 지녔는데, 그 기술이 쓰이지 않는 곳으로 이사를 가니 가난해지지 않을 수 있겠어요?"

출전 『한비자 설림韓非子 說林』

사자성어 월인선행越人跣行

해설 시장조사도 제대로 하지 않고 무턱대고 물건만 만들면 팔리지 않는 물건만 쌓일 뿐이다. 제품 출하에 앞서 소비성향과 수요량을 미리 살펴야 한다.

세 바지를 낡은 바지처럼 만든 아내

남편이 아내에게 바지 한 벌 만들어달라고 부탁하였다.

그의 아내는

"어떻게 만들어 드릴까요?"

하고 물었다. 남편은

"그냥 예전 것대로 만들어주면 돼!"

라고 건성으로 대답하였다.

그의 아내는 새 바지를 만들어 남편의 요구대로 애써

새 바지를 낡은 바지로 만들어 남편에게 건네주었다.

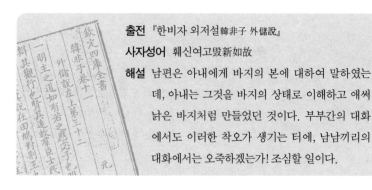

출전 『한비자 외저설韓非子 外儲說』

사자성어 훼신여고毁新如故

해설 남편은 아내에게 바지의 본에 대하여 말하였는데, 아내는 그것을 바지의 상태로 이해하고 애써 낡은 바지처럼 만들었던 것이다. 부부간의 대화에서도 이러한 착오가 생기는 터에, 남남끼리의 대화에서는 오죽하겠는가! 조심할 일이다.

끝없는 나이 자랑

정나라 사람 둘이서 서로 나이 자랑을 하였다.

한 사람이

"나는 요堯 임금과 동갑이야!"

라고 말하자,

다른 한 사람이

"나는 황제黃帝의 형과 나이가 같아!"

라고 맞받았다.

이렇게 서로 지지 않고 나이를 자랑하여 결국 끝까지

이어나가는 사람이 이기는 것으로 하였다.

출전 『한비자 외저설韓非子 外儲說』

사자성어 이인쟁년二人爭年

해설 실속 없는 말장난일 수도 있으나 역사 지식이

없는 사람은 그 싸움을 끝까지 이어나갈수 없게

된다.

창과 방패

창과 방패를 동시에 파는 사람이 있었다. 그는 자기가 파는 방패가 단단하여

"그 어떤 것으로도 뚫을 수 없다."

라 하고,

이내 또 자기가 파는 창에 대하여

"내가 파는 창은 아주 날카로워 뚫을 수 없는 물건이 없다."

라고 자랑하였다.

그러자 누군가가

"당신의 창으로 당신의 방패를 뚫는다면 어떻게 될까요?"

하고 물었다.

이 말에 그는 아무런 답도 할 수 없었다.

출전 『한비자 난세韓非子 難勢』

사자성어 자상모순自相矛盾

해설 창과 방패는 양립할 수 없는 개념이다. 그러나 최고의 능력을 갖춘 창과 방패는 상대방에 대하여 최대의 경의를 표함으로써 자존심을 최대로 높힐 수 있다.

초나라 왕이 잃어버린 활

초나라 왕이 명품 활에 명품 살을 재여 운몽雲夢 숲에
서 용과 물소를 쏘아 잡았는데 활을 잃어버렸다.

좌우의 신하들이 가서 찾아오자고 청하였으나, 초왕
은

"애써 찾을 것 없다. 초나라에서 잃어버린 것이니 초
나라 사람이 얻게 될 것 아니겠느냐?"
라고 말하였다.

공자가 이 말을 듣고

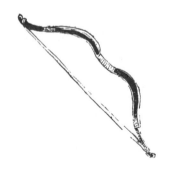

"초왕이 인의仁義에 대하여 제대로 알지 못하였구나.

'누군가가 잃어버린 활을, 누군가가 얻게 될 것이다.'

라고 말하면 될 것을, 군이 초나라를 들먹일 것이 뭣이

랴?"

라고 말하였다.

출전 『공손룡자 적부公孫龍子 迹府』

사자성어 초인유궁楚人遺弓

해설 이 세상 어느 한 가지도 개인의 소유물일 수 없

다. 결국 이 세상 모든 사람의 것이다.

죽은 사람을 살리는 처방

노나라에 공손작公孫綽이란 사람이 있었는데, 사람들에게 늘 "나는 죽은 사람도 살릴 수 있소!"
하고 떠벌이고 다녔다.

누군가가 그에게
"어떻게 그렇게 할 수 있소?"
하고 물었다.

"나는 반신불수半身不隨 환자를 고칠 수 있으니, 약의 분량을 배로 늘이면 죽은 사람도 살릴 수 있지요."
라고 대답하였다.

출전 『여씨춘추 별류呂氏春秋 別類』

사자성어 기사회생起死回生

해설 반신불수 환자는 살아있는 사람이어서, 혹 묘방을 얻으면 고칠 수도 있을 것이다. 그러나 죽은 사람에게는 약을 먹일 방법이 없다. 아무리 좋은 약이라 하여도 먹일 수가 없으면 약효도 기대할 수 없다. 그러니 공손작의 처방도 믿을 것이 못된다.

도하작전의 실패 원인

초나라가 송나라를 침공하기 위하여 먼저 정찰 요원을 파견하여 국경을 이루고 있는 하천의 물 깊이를 측량하여 표시해 두었다.

그런데 그 사이 물이 불어 깊이가 달라진 줄도 모르고 전에 표시해 둔 지점에서 야간에 도하작전을 폈다가 크게 낭패를 겪었다.

출전 『여씨춘추 찰금呂氏春秋 察今』

사자성어 순표야섭循表夜涉

해설 주변 상황은 수시로 변한다. 그러므로 실천 계획도 그에 따라 그때그때 변해야 하는데 그렇지 못할 경우 실패할 확률이 높다. '임기응변臨機應變'도 그런 뜻을 담은 말이다.

귀를 막고 종을 훔치다

진나라 때 대부 범씨范氏가 패망하여 달아나자, 마을 사람 하나가 그의 집에서 큰 종 하나를 훔쳤다.

종이 너무 크고 무거워 등에 지고 갈 수 없어서 부셔서 나누어 가지고 갈 셈으로 망치로 종을 쳤더니 종에서 큰소리가 났다.

그 사람은 남이 그 소리를 듣고 달려와 종을 빼앗을까봐 얼른 자기 손으로 자기 귀를 막았다.

출전 『여씨춘추 자지呂氏春秋 自知』
사자성어 엄이도종掩耳盜鐘
해설 눈을 감는다고 현실세계가 사라지는 것이 아니고, 귀를 막는다고 소리가 사라지는 것 아닌데 도둑은 자기 귀를 막은 것이다. 스스로 자기를 속인 것이다.

우물 파고 사람 하나를 얻다

송나라의 정씨丁氏 집에는 우물이 없어서 언제나 한 사람이 집에서 쓰는 물을 긷기 위하여 밖에 나가 있었다.

그러다가 집에 우물을 파게 되면서 주인이 사람들에게

"우리 집에 우물을 파면서 사람 하나를 얻게 되었오."

라고 말하였다.

이 소문을 듣고 누군가가

"정씨 집에서 우물을 파면서 사람 하나를 얻었다는구면."

라고 전하였고, 그 소문은 금새 온 나라에 퍼져 나갔고, 마침내는 임금의 귀에까지 들어가게 되었다.

임금은 사람을 시켜 사실을 확인하게 하였는데, 정씨는

"한 사람의 노동력을 줄일 수 있게 되었다는 뜻으로
한 말이지, 우물 속에서 산 사람 하나를 얻게 되었다는
말은 아니오."
라고 사실을 밝혔다.

출전 『여씨춘추 찰전呂氏春秋 察傳』

사자성어 문이전지聞而傳之

해설 '발 없는 말이 천리를 간다'는 말이 있고 '소문이 소문
을 낳는다'는 말도 있다. 그리고 말은 자꾸자꾸 부풀려
져서 바닷가의 조약돌이 산 위의 큰 바위로 둔갑하기
도 한다. 근거 없는 유언비어流言蜚語는 경우에 따라서
는 사회적인 혼란을 불러일으키기도 한다. 가려서 듣
고 근거 없는 말은 함부로 전하지도 말아야 한다.

마부馬夫가 대부大夫가 되다

안자晏子가 제나라의 재상이 되어 등청을 할 때 수레를 모는 마부의 아내가 몰래 문틈으로 그들의 등청 광경을 내다보았다.

자기 남편이 재상이 타고 다니는 수레를 몰면서 마치 자기가 재상이나 된 듯 의기양양하여 네 마리 말이 끄는 수레의 고삐를 쥐고 달리는 모습을 보고 깊은 생각에 잠겼다.

남편이 그날 일을 마치고 돌아오자, 마부의 아내는 남편을 보고 헤어지자고 말을 꺼냈다.

마부가 놀라 그 까닭을 묻자, 마부의 아내가

"안자님은 키가 아주 작은 사람인데도 제나라의 재상이 되어 세상에 널리 이름을 떨치고 있습니다. 오늘 그분이 당신이 모는 수레에 앉아 등청할 때 보니 가슴에 큰 뜻을 품고 지략을 겸비하였으면서도 남달리 겸

손한 모습이었습니다. 그런데 당신은 키가 8척이나 되
는 사람이 겨우 남의 마부 노릇이나 하면서도 우쭐해
하니 나는 더 이상 그런 사람과 함께 살 생각이 없습니
다.”
라고 말하였다.

　이런 일이 있은 뒤로 마부의 일상 언동이 부쩍 겸손
해졌다.

안자는 마부의 그러한 변화를 보고 이상히 여겨 그
까닭을 물었다. 마부는 사실대로 아뢰었고, 이를 들은
안자는 곧 마부의 신분을 대부로 높여 주었다.

출전 『안자춘추晏子春秋』

사자성어 명현제후名顯諸侯

해설 마부의 아내는 자기 남편이 사나이로서 뜻이 굳지 못함을 옳게 비판하
였고, 안자의 마부는 아내의 비판을 겸허하게 받아들여 새사람으로 태
어났으며, 안자는 또 마부의 심성의지가 크게 바뀌었음을 간파하고 그
의 신분을 대부로 높여 주었으니 세 사람 모두 안목이 높고 발전적인 기
상을 지녔음을 알 수 있다.

꿈보다 해몽

제나라 경공이 신장腎臟병을 앓아 십여 일을 병석에
누워 있으면서 밤에 두 개의 해와 다투다가 이기지 못하
는 꿈을 꾸었다. 아침에 안자가 문안을 드리자 경공이

"간밤 꿈에 내가 두 개의 해와 다투었는데 이기지 못
하였오. 내가 죽게 되는 것 아니오?"

하고 물었다.

안자는

"해몽을 잘하는 점쟁이를 한 번 불러 물어 보시지요."

라고 말씀드리고, 곧바로 사람을 시켜 점쟁이를 불러들
였다. 점쟁이가 와서 자기를 부른 까닭을 물었다.

안자가

"경공께서 간밤 꿈에 두 개의 해와 다투어 이기지 못
하였더라네. 혹 죽게 되는 꿈이 아니냐고 물으시기에,
자네를 불러 물어 보시라고 말씀을 드렸다네."

라고 그를 부르게 된 경위에 대하여 설명하였다.

"그럼 경공을 뵙고 뭐라고 말씀드리면 좋을까요? 반대로 해몽하면 되겠네요."

라고 물었다.

안자는

"그럴 것도 없네. 경공께서 지금 앓고 있는 병이 음陰에 속하는데 꿈속에서 본 것은 양陽이네. 하나의 음이 두 개의 양을 이기지 못할 것이니, 이는 바로 병이 곧 낫게 될 것이라는 뜻이기도 하네. 그렇게만 말씀드리면 되네."

라고 일러 주었다.

점쟁이가 입궁하자, 경공은

"내가 꿈에 두 개의 해와 싸워 이기지 못하였다네. 내가 이제 죽게 되는 것 아닌가?"

하고 물었다.

점쟁이는

"대왕께서 앓고 계시는 병은 음에 속하는데, 해는 양에 속합니다. 음 하나가 두 개의 양을 이기지 못하였으니, 이는 대왕의 병이 곧 완쾌될 것임을 알리는 길몽이옵니다."

라고 아뢰었다.

사흘이 지나자, 경공의 병은 씻은 듯이 나았다. 경공은 매우 기뻐서 점쟁이에게 큰 상을 내리려 하였다.

그러자 점쟁이는

"이는 저의 공로가 아니라 사실은 안자님이 시키는 대로 말씀드린 것일 뿐입니다."

라고 아뢰었다. 경공은 곧 안자를 불러 그에게 큰 상을 내리려 하였다.

　　그러자 안자는

　　"저의 생각을 점쟁이를 시켜 말씀드렸던 것일 뿐입니다. 만일 제가 말씀드렸더라면 대왕께서 믿지 않으셨을 것입니다. 이는 점쟁이의 공로이지, 저의 공로는 아닙니다."

라고 해명하였다.

　　경공은 그들에게 동시에 상을 내려 주면서

　　"안자는 다른 사람의 공로를 빼앗지 않았고, 점쟁이도 다른 사람의 지혜를 숨기지 않았으니 둘 다 가상하도다."

라고 칭찬하였다.

출전 『안자춘추 내편晏子春秋 內篇』

사자성어 불탈인공不奪人功

해설 문제를 해결하는 과정에서 안자의 지혜가 크게 작용하였다. 결과적으로는 경공과 안자와 점쟁이가 서로 잘 어우러진 셈이다.

안자의 놀라운 외교 수완

안자가 사신으로 초나라에 갔다. 초나라 사람들은 안자가 키가 작다는 것을 기회로 그의 기를 꺾기 위하여 대문 옆으로 일부러 작은 문을 내어 안자를 그리로 안내하였다.

안자는 그 문으로 들어가지 않고

"내가 개나라로 사신을 왔다면 개문으로 들어갈 것이지만, 이 사람은 초나라로 사신을 왔으니 이 문으로는 들어갈 수 없소!"

하고 버티었다.

그제사 안내자는 안자를 대문으로 안내하고 궁중에서 초나라 왕을 알현하도록 하였다.

안자를 접견한 초나라 왕은

"제나라에는 사람이 그리도 없소?"

하고 비꼬듯 물었다.

그러자 안자는

"제나라의 수도 임치臨淄에는 사람들이 넘치도록 많아 그들이 길을 가면서 휘두르는 소맷자락이 해를 가리고, 길 가는 사람들이 흘리는 땀이 비가 오듯하며, 서로 어깨를 부딪치고 앞사람의 발뒤꿈치를 뒷사람이 밟을 정도로 사람이 많은데, 어찌 사람이 없다 하겠습니까?"

안자의 말을 들은 초나라 왕은

"그렇다면 어찌 그대 같은 사람이 초와 같이 큰 나라에 사신으로 나온단 말이오?"

하고 비꼬듯 말하였다.

이에 안자는

"제나라에서는 다른 나라에 사신을 파견할 때에는 그 자격을 엄격하게 따집니다. 잘나고 현명한 사람은 잘나고 현명한 왕이 다스리는 나라로 파견합니다. 안영 이 사람도 아주 못난 터라 곧장 초나라로 오게 된 것입니다."
라고 응대하였다.

출전 『안자춘추晏子春秋』

사자성어 안자사초晏子使楚

해설 안자는 전국시대에 육국을 넘나들며 외교 수완을 발휘했던 제나라의 명재상이었다. 초나라에 사신으로 가서 초나라 임금과 관원의 콧대를 꺾는 장면이 생생하게 묘사되어 있다.

명의의 등급

위나라 왕이 편작에게 물었다.

"그대 형제 세 사람 가운데 누가 의술이 가장 뛰어난 가?"

편작은

"맏형이 으뜸이고, 둘째 형이 그 다음이고, 편작 이 사람은 수준이 가장 낮습니다."

라고 대답하였다.

왕은 재차

"그대들의 수준에 대하여 설명을 들을 수 있겠는 가?"

하고 이어서 물었다. 편작은

"맏형께서는 질병을 볼 때 먼저 신색을 살피고, 병이 밖으로 드러나기 전에 치료하기 때문에 그 명성이 집 밖으로 알려지지 않았습니다. 둘째 형은 병 증상이 미

세하게 밖으로 드러날 때 바로 치료합니다. 그렇기 때
문에 그의 명성은 마을 밖으로 알려지지 않았습니다.
저 같은 사람은 침을 놓고, 독한 약을 쓰며, 피부와 근
육에 수술도 행하기 때문에 이름이 여러나라에까지 알
려지게 되었습니다."
라고 말하였다.

출전 『할관자鶡冠子』

사자성어 곤제삼인昆弟三人

해설 편작은 형제 3인의 의술 수준을 비교 논평하면서 예방차원을 높이 치고
있다. 그리고 맏형, 둘째 형의 의료수준을 자기보다 위로 치고 있어 겸
양의 미덕을 아울러 나타내고 있다.

개미의 웃음거리가 된 달팽이

달팽이 한 마리가 그동안의 허송세월을 후회하면서 큰 일 한가지를 해보겠다고 뜻을 세웠다. 그런데 동쪽으로 태산泰山까지는 3천여 년의 거리요, 남쪽으로 장강長江까지의 거리도 또한 3천여 년의 거리인데, 자기의 수명을 헤아려 보니 아침에서 저녁 사이에 지나지 않아 큰 슬픔에 빠져 덤불 위에서 말라죽어 개미들의 웃음거리가 되고 말았다.

출전 『어릉자於陵子』

사자성어 단모지간旦暮之間

해설 큰 뜻을 세웠으면 주저하지 말고 실행에 옮겨야 한다. '시작이 반'이란 말도 있다. 달팽이가 태산과 장강까지의 거리를 셈은 하였으면서 한 발도 떼어놓지 못하고 말라죽었으니 개미들의 웃음거리가 될 법도 하다.

죽은 말 뼈로 산 천리마를 구하다

옛날 어떤 임금이 천금을 내걸고 천리마를 구했는데, 삼 년이 지나도록 천리마를 얻지 못하였다.

그러자 측근의 한 신하가

"제가 한 번 나가 찾아 보겠습니다."

하고 나섰고, 임금은 그에게 그 일을 맡겼다.

그 신하는 석 달 만에 천리마를 구하였으나 말이 이미 죽었는지라 죽은 천리마 머리뼈를 오백 금으로 사들여 돌아와 임금에게 보고하였다. 그러자 임금은 크게 노여워하며

"내가 얻고져 한 것은 살아있는 말인데, 어쩌자고 죽은 말 뼈를 그것도 오백 금이나 주고 사 왔느냐?"

하고 꾸짖었다.

신하는

"죽은 말 뼈도 오백 금을 들여 샀는데, 살아있는 말이

라면 오죽하겠습니까? 이제 곧 세상 사람들이 임금께
서 정말 비싼 값으로라도 천리마를 사시려나 보다 생각
할 터이니 천리마가 곧 나타나게 될 것입니다!"
하고 말씀드렸다.

과연 한 해가 지나기 전에 천리마가 세 필이나 나타
났다.

출전 『전국책 연책戰國策 燕策』
사자성어 천금구마千金求馬
해설 강에서 물고기를 낚을 때도 미끼를 쓴다. 죽은 말
뼈를 오백 금이나 들여 산 것도 천리마를 낚는 한
방편이 된 셈이다.

인간관계의 허실

추기鄒忌는 키가 훤칠하고 얼굴도 잘 생겼다. 아침에 조복을 갖춰 입고 거울을 보며 아내에게 물었다.

"나와 북촌의 서공徐公을 비교하면, 누가 잘 생겼오?"

그의 아내는

"당신이 잘 생기셨지요. 서공이 어찌 당신을 따를 수 있겠어요!"

라고 대답하였다.

북촌의 서공은 제나라에서 으뜸가는 미남자이다. 추기는 이 말을 믿을 수가 없어서 첩에게

"나와 서공을 견주면, 누가 잘났는가?"

하고 물었다.

첩은

"서공이 어찌 영감님을 따를 수 있겠습니까!"

라고 대답하였다.

　다음날 외부에서 손님이 왔는데, 이야기를 나누다가 손님에게

　"나와 서공을 견주면 누가 잘났오?"

하고 물었다.

　손님은

　"서공은 당신의 미모를 따를 수 없지요."

라고 대답하였다.

　어느 날 서공이 왔는데, 자세히 견주어 보니 스스로 그만 못한 것 같았다. 거울을 들여다보며 스스로 비교해 보아도 월등히 그만 못하였다.

　저녁에 잠자리에 들어 곰곰이 생각해 보고

　"나의 아내가 나를 잘났다고 한 것은 나에게 사사로운 정이 있기 때문이고, 첩이 나를 잘났다고 하는 것은

나를 두려워하기 때문이며, 손님이 나를 잘났다고 하는
것은 나에게 바라는 것이 있기 때문이다."
라고 결론을 지었다.

출전 『전국책 제책戰國策 齊策』
사자성어 자지지명自知之明
해설 객관 사실에 대한 분석도 개인적인 이해관계에 따
라 각각 다른 결론에 도달할 수 있음을 보여주는
우언이다.

죽지 않는 약

    초나라 왕에게 '죽지 않는 약'을 바치는 자가 있었다. 비서가 그것을 받아들고 궁 안으로 들어가는데, 경호원이 물었다.

    "먹을 수 있는 것인가?"

    "그렇소."

하고 대답하자, 경호원이 중간에서 가로채어 먹어버렸다.

    왕이 뒤늦게 이 사실을 알고 경호원을 죽이려 하였다. 그러자 경호원이 중간에 사람을 넣어 임금에게 아뢰었다.

    "제가 비서에게 '먹을 수 있는 것이냐?'

하고 물었더니, '그렇다' 하길래 먹은 것입니다. 이는 저의 죄가 아니고 죄는 비서에게 있습니다.

    그리고 누군가가 불사약不死藥을 바쳤는데, 제가 그

것을 먹었다고 왕께서 저를 죽이신다면 그것은 바로 사
약死藥입니다.

　왕께서 죄 없는 신하를 죽이신다면 그것은 누군가가
임금을 속인 것입니다."

　임금은 경호원을 죽이지 않았다.

출전 『전국책 초책戰國策 楚策』
사자성어 탈이식지奪而食之
해설 '죽지 않는 약'을 먹고 죽게 되면, 그것은 분명
'죽지 않는 약'이 아니다. 죽을 죄를 짓고도 위
급상황에서 살 궁리를 한 경호원의 논리가 돋보
인다.

명궁名弓의 자질

초나라에 활을 잘 쏘는 사람이 있었다. 일백 보 떨어진 거리에 버드나무 잎을 걸어 두어도 백발백중하니 사람들이 모두 "잘 한다!" 칭찬을 하였다.

어떤 사람이 지나가다 그 장면을 보고

"잘 쏘는군. 가르칠 만 하겠군."

하고 혼잣말로 중얼거렸다.

활을 쏘던 사람이

"사람들은 모두 나를 보고 '잘 쏜다고 하는데, 당신은 나를 보고 활 쏘기를 가르칠 만하다' 말하니, 어디 당신 솜씨도 한번 보여 주시겠오?"

하고 닦아세웠다.

그 사람은

"내가 당신에게 왼손은 어떻게 활을 잡고 바른 손으로는 어떻게 화살을 재우는지 가르칠 수는 없오. 그러

나 나는 활을 쏨에 있어 중요한 하나의 도리를 알고 있
소. 백 보 거리에서 버드나무 잎을 쏘아 백발백중하는
것은 좋은데, 가장 잘 맞을 때 알맞게 쉬지 않으면 곧 지
쳐서 활을 바로 잡지 못하고 화살도 빗나가게 되어 한
발이 제대로 맞지 않으면 그때까지의 성적이 다 수포로
돌아가고 말 것이오."
라고 타일렀다.

출전 『전국책 서주책戰國策 西周策』
사자성어 백발백중百發百中
해설 휴식은 한 단계 높은 차원으로 진입하기 위한 과
　　　정이다.

남쪽으로 가겠다는 사람이 북쪽으로?

위나라 왕이 한단邯鄲을 공격하려 한다는 소식을 듣고 계량季良은 가던 길을 중간에서 돌아와 구겨진 옷을 입은 채 머리도 감지 않고 가서 왕을 만났다.

그리고 왕에게

"제가 오는 길에 수레를 몰고 북쪽으로 가는 사람을 만났습니다. 그 사람은 저를 보고 '초나라로 가는 길입니다.' 라고 말하였습니다. 저는 이상한 생각이 들어 그에게 물었습니다. '당신이 초나라로 가려면 마땅히 남쪽으로 가야 하는데, 어찌 북쪽으로 가고 계십니까?' 하고 물었습니다.

그 사람은 '저의 말이 좋습니다.' 라고 하더군요. 저는 그 사람에게 '말이 비록 좋다 하지만 그것은 초나라로 가는 길이 아닌 걸요' 라고 말해 주었습니다.

그러자 그 사람은 '저는 여비가 많습니다.' 라고 하더군요. 저는 다시 그 사람에게 '여비가 많다 해도 북쪽으로 향해서 가면 초나라에 닿을 수가 없습니다.' 라고 말해 주었습니다.

그러나 그는 여전히 고집스럽게 '저의 마부가 수레를 모는 기술이 좋아요.' 하더군요.

사실 그 사람은 방향을 잘못 잡은 것이지요. 그가 말한 몇 가지 조건이 좋으면 좋을수록 초나라와의 거리는 갈수록 멀어지는 것이지요."
라고 아뢰었다.

출전 『전국책 위책戰國策 魏策』
사자성어 아욕지초我欲之楚
해설 목표가 분명하고 조건이 좋으면 목표 달성도 수월하다. 그러나 목표를 잘못 설정하면 시간과 경비의 부담이 늘고 목표 달성도 어려워진다.

빈 활로 새를 쏘아 떨어뜨리다

옛날 경리가 위나라 왕과 함께 궁중의 누대 아래 서 있었는데 새 한 마리가 높이 날아오는 것을 발견하였다.

경리는 왕에게

"제가 빈 활로 하늘을 나는 새를 쏘아 떨어뜨려 보여 드리지요."

라고 말하였다.

이윽고 기러기 한 마리가 동쪽으로부터 날아 왔다. 경리는 빈 활로 쏘아 떨어뜨렸다.

왕은

"그대의 활 솜씨가 정녕 이런 경지에까지 이르렀단 말인가?"

하고 놀라움을 금치 못하였다.

경리는

"이 새는 전에 입은 상처가 아직 덜 아문 상태입니
다."
라고 말하였다.

왕은

"그대는 어떻게 그것을 알 수 있는가?"
하고 물었다.

경리는

"그 새는 나는 것이 느리고 울음소리도 슬프게 들립니다. 나는 것이 느린 것은 전에 입은 상처가 아프기 때문이며, 울음소리가 슬픈 것은 오래 무리에서 떨어져 있기 때문입니다. 전에 입은 상처가 아직 다 아물지 않았고 놀란 마음이 아직 진정되지 않았는데 활시위 당기는 소리를 듣고 애써 높이 날아 오르다 전에 입은 상처가 아퍼서 떨어진 것입니다."

라고 대답하였다.

출전 『전국책 초책戰國策 楚策』
사자성어 비서명비飛徐鳴悲
해설 경리가 하늘을 나는 새의 동작과 울음소리로 그 새의 현재의 신체조건과 심리상태를 정밀하게 분석하고 있어 궁수로서의 오랜 경륜이 돋보인다.

호랑이를 등에 업은 여우

호랑이는 산중의 왕으로 뭇짐승을 잡아먹는다. 여우 한 마리를 잡았는데, 여우가

"그대는 나를 잡아먹지 말지니라. 하늘이 나를 백수百獸의 우두머리로 삼으셨나니, 이제 그대가 나를 잡아먹는다면 이는 하늘의 명을 거역하는 것이니라. 내 말이 믿어지지 않거든 내가 그대 앞에 갈 터이니, 그대는 나의 뒤에 따라오면서 어느 짐승이고 나를 보고 달아나지 않는 놈이 있는지 살펴보거라!"

라고 큰소리를 쳤다.

호랑이는 여우의 말이 그럴싸하여 짐짓 그의 뒤를 한 번 따라가 보기로 하였다. 여우가 앞서 가고 호랑이가 뒤따라오는데, 과연 모든 짐승들이 그들을 보더니 달아나는 것이었다.

호랑이는 짐승들이 자기가 무서워 달아난다는 것을 모르고 여우가 무서워 달아나는 줄로만 알았다.

출전 『전국책 초책戰國策 楚策』

사자성어 호가호위狐假虎威

해설 호랑이에게 잡힌 여우는 약은 꾀를 부려 죽음을 면하고, 여우를 먹이로 잡은 호랑이는 우직하여 모처럼 잡은 여우를 놓치고 말았다. '호랑이에게 잡혀가도 살아 날 구멍이 있다'는 속담이 있다.

물고 물린 처지

화창한 날씨에 조개가 입을 벌려 볕을 쪼이고 있는데 황새가 부리로 그 살을 쪼았다. 조개가 입을 꽉 다물고 황새의 부리를 놓아주지 않았다.

황새가

"오늘 비가 내리지 않고, 내일도 비가 내리지 않으면 너는 죽을 수 밖에 없어!"

라고 말하였다.

이에 조개도

"오늘 빠져나가지 못하고, 내일도 빠져나가지 못하면 너도 죽을 수 밖에 없어!"
라고 응대하였다.

조개와 황새가 서로 쪼으고 물린 상태에서 놓아주지 않고 있는데 지나가던 어부가 둘을 함께 잡아 망태에 담았다.

출전 『전국책 연책戰國策 燕策』

사자성어 어부지리漁父之利

해설 '평화공존' 이라는 말의 뜻을 절실하게 느끼게 하는 우화이다. 너와 내가 함께 어울려 사는 세상이다. 다툴 것이 무엇이랴.

말 값이 열 배로 뛰다

어떤 사람이 준마를 팔려고 시장에 나가 꼬박 사흘을 서 있었으나 아무도 알아주는 사람이 없었다.

그는 백락伯樂을 찾아가서

"제가 준마를 팔려고 시장에 나가 꼬박 사흘을 서 있었는데 아무도 말조차 붙이는 사람이 없습니다. 선생님께서 나오셔서 한 번 둘러보시고 가시다가 고개 한

번 돌려 보신다면, 제가 한나절의 품삯을 드리겠습니다."
라고 청하였다.

백락이 가서 한 번 둘러보고 가다가 고개 한 번 돌려서 바라보았는데도 하루 아침에 말 값이 열 배로 뛰었다.

출전 『전국책 연책戰國策 燕策』
사자성어 환이시지還而視之
해설 백락은 말을 잘 가려 볼 줄 알았다. 그가 관심을 가지고 둘러 보았으니 그 말 값이 한나절 만에 열 배로 뛰었음직 하다.

백낙伯樂과 천리마의 늦은 만남

그대 천리마 이야기를 들어 보셨는가?

천리마가 늙어 등에 소금 짐 지고 태항산을 오르네.

발굽이 굳고 무릎이 휘청거리네.

꼬리가 쳐지고 살갗이 문드러졌네.

입에서는 헉헉 거품이 일고, 몸에서는 송글송글 땀방
울이 맺히네.

회초리 맞으면서 산비탈을 오르는데 힘에 겹네.

백낙이 길에서 만나 수레에서 내려 등 어루만지며 통

곡하고 옷 벗어 덮어주네.

천리마는 고개 숙여 거친 숨 내쉬고, 고개 들어 하늘 보고 우니 금석 소리가 나네.

늦었지만 백낙 만나 서로 감격함이로세.

출전 『전국책 초책戰國策 楚策』

사자성어 백한교류白汗交流

해설 천리마는 등에 용장을 태우고 들판을 달려야 한다. 늙어 등에 소금 짐을 지고 헉헉거리며 태항산을 오르니 그 신세가 비참하다. 백낙이 길에서 만나 알아보고 통곡하며 저고리 벗어 덮어주지만 서로의 만남이 또한 너무 늦었다.

인형들의 말다툼

진흙 인형과 복숭아나무 인형이 서로 말을 주고 받았다.

나무 인형이 진흙 인형에게 말하였다.

"너는 서쪽 강가의 진흙으로 만들어진 인형이라, 8월 우기에 접어들어 강물이 출렁이기 시작하면 이내 물에 녹아내리고 말 것이다."

진흙 인형은 이에 지지 않고 "나는 서쪽 강가의 흙이라 다시 서쪽 강가로 돌아가면 되지만, 너는 동쪽 나라 복숭아나무 토막을 깎아 만든 인형인데 물이 불면 어디로 흘러가지?" 라고 응수하였다.

출전 『전국책 제책戰國策 齊策』

사자성어 유자이거流子而去

해설 다 같이 사람의 손에 의하여 만들어진 인형인데,
서로가 제 분수도 모르고 잘난 체하니 가소롭다.

환상과 실재

　초나라 귀족 섭자고葉子高가 용을 무척 좋아하여 허리띠에다 용을 그려 넣고, 술잔에다가도 용을 새겨 넣고, 집안 벽이나 기둥에다가도 온통 용을 그려 넣었다.

　하늘에 있는 용이 그 소문을 듣고 반가운 생각이 들어 지상으로 내려와 섭공 집의 창틀 안으로 머리를 들이밀고 거실 안까지 꼬리를 끌고 들어왔다.

이를 본 섭공은 기겁을 하며 얼굴이 창백해져 달아나고 말았다. 그러고 보면 섭공이 좋아한 것은 용 비슷한 것이었지 진짜 용은 아니었던 것이다.

출전 『신자申子』

사자성어 사룡비룡似龍非龍

해설 용은 환상의 동물로 실제 그 모습을 본 사람은 아무도 없다. 용은 권력의 상징으로도 쓰인다. 임금이 입는 옷에도 용을 새겨 넣는다. 이른바 곤룡포袞龍袍다. 이 세상 어디에도 그것이 실재하지 않기 때문에 사람들이 그것을 그리워하는 것이다.

호랑이 두 마리를 잡는 법

변장자가 호랑이를 찌르려 하는데, 관수자가 이를 말렸다.

"바야흐로 호랑이 두 마리가 맛있는 먹이를 두고 다투려는데 다투면 싸우게 되어 있고, 싸우면 큰 놈은 상처를 입고, 작은 놈은 죽게 되어 있습니다. 그때 상처를 입은 놈을 찌르면 한 칼에 두 마리 호랑이를 잡았다는 명성도 누리게 됩니다."

라고 말하였다.

변장자는 관수자의 말이 그럴듯하다 여겨져서 잠시 기다렸더니, 과연 호랑이 두 마리가 서로 다투기 시작하여 큰 놈은 상처를 입고, 작은 놈은 죽었다.

변장자는 상처 입은 놈을 찔러 한 번에 두 마리 호랑이를 잡았다는 명성을 거두었다.

출전 『사기 장의열전史記 張儀列傳』

사자성어 쟁즉필투爭則必鬪

해설 사나운 호랑이를 서로 다투게 만들고, 한 놈이 죽은 뒤에 상처 입은 나머지 한 놈을 마저 잡으면 일이 수월해진다. 일종의 병법이다.

버마재비가 큰 수레에 맞서다

제나라 장공이 사냥을 나가는데 벌레 한 마리가 발을 들어 수레바퀴를 막아섰다.

장공이 마부에게

"무슨 벌레인고?"

하고 물었다.

마부는

"버마재비라는 벌레입니다. 이 벌레는 앞으로 나아

갈 줄만 알지 물러설 줄을 모릅니다. 제 힘을 헤아리지
않고 무턱대고 적을 가볍게 보는 놈입니다."
라고 대답하였다.

출전 『회남자 인간훈淮南子 人間訓』
사자성어 당랑거철螳螂拒轍
해설 스스로의 역량을 헤아리지 않고 무턱대고 강적과
　　　맞서면 큰 화를 자초할 수 있다.

사직을 좀먹는 쥐새끼들

제나라 임금이 안자에게

"나라의 가장 큰 근심거리는 무엇인가?"

하고 물었다.

안자는

"국가 사직을 좀먹는 쥐새끼들입니다."

라고 대답하였다.

"무슨 뜻인가?"

"사당은 기둥을 엮어 그 위에 칠을 하는데, 쥐들이 거기에 깃들어 삽니다. 연기를 피워 훈증하자니 나무를 태울까 걱정이 되고, 물에 담그자니 칠이 벗겨질까 걱정이 됩니다. 쥐를 다 잡아 죽일 수 없는 것은 사당 때문입니다. 나라에도 사직을 좀먹는 쥐들이 있으니, 바로 임금의 측근들입니다. 안으로는 임금에게 선과 악을 가리고, 밖으로는 백성들에게 위세를 부리고 권력을

팔아먹으니 잡아 죽이지 않으면 혼란이 오고, 잡아 죽
이자니 그들이 모두 임금의 총신들이고 심복들입니다.
이들이 바로 국가 사직을 좀먹는 쥐새끼들입니다."
라고 대답하였다.

출전 『안자춘추 내편晏子春秋 內篇』

사자성어 불가득살不可得殺

해설 쥐새끼는 곡식을 훔쳐 먹고 건물을 쏠아놓는 나쁜 동물이다. 나라에도
국가 사직을 좀먹는 쥐새끼들이 있는 바, 최고 권력자가 그들을 보호하
면 그 폐해가 더욱 커지고, 필경 나라가 망하게 된다.

호랑이보다 사나운 정치

공자가 태산 기슭을 지나가는데, 어떤 여인이 무덤 곁에서 슬피 울고 있었다. 공자가 수레 가로 막대에 손을 얹고 가만히 듣고 있더니 자로子路를 시켜 사연을 알아보도록 하였다.

자로가 부인을 보고

"그대 울음소리가 어찌 그리도 슬프오?"

하고 물었다.

"그렇습니다. 지난날 시아버님이 호랑이에게 물려 죽고, 남편이 또 그렇게 죽었지요. 이제 아들이 죽었습니다."

라고 대답하였다.

공자는

"어찌 이곳을 떠나지 않소?"

하고 물었다.

이에 부인은

"그래도 이곳에는 가혹한 정치가 없습니다."

라고 답하였다.

공자는 제자들에게

"가혹한 정치가 호랑이보다 무섭다는 것을 그대들은
알지어다!"

라고 일렀다.

출전 『예기 단궁禮記 檀弓』
사자성어 과태산측過泰山側
해설 공자가 여행 중에 제자들에게 정치에 관하여 현장교육을
　　실시하는 한 장면이다.

훌륭한 연주자와 감상자

백아伯牙가 금琴을 타면 종자기鍾子期가 귀 기울여 들었다. 금을 탈 때 태산泰山을 마음에 두면, 종자기가

"금을 타는 솜씨가 훌륭하시도다. 우뚝우뚝 태산처럼 솟는도다."

라고 감탄하였다.

이윽고 마음을 흐르는 물에 두면 종자기가, 또

"금을 타는 솜씨가 훌륭하시도다. 질펀하게 큰 물 흐르는듯 하도다."
라고 감탄하였다.

종자기가 죽자, 백아는 금을 깨버리고 현을 잘라버려 다시는 금을 타지 않았는데, 이 세상에 자기의 금 타는 소리를 종자기처럼 알아주는 사람이 다시는 있을 수 없을 것이라고 생각했기 때문이다.

출전 『설원 존현說苑 尊賢』

사자성어 고산유수高山流水

해설 훌륭한 연주를 제대로 감상할 줄 아는 사람이 이 세상에는 많지 않다. 백아와 종자기는 훌륭한 연주가와 훌륭한 감상자의 관계로 설정된 전설적인 인물이다.

나라를 위태롭게 하는 토목공사

진晉나라 영공靈公이 엄청난 비용을 들여 9층 건물을 지으면서 좌우의 신하들에게

"이번 공사에 대하여 반대하는 자는 목을 벨 것이다!"

라고 엄한 포고령을 내렸다.

순식荀息이 이 소식을 듣고 글을 올려 뵙기를 청하였다. 영공은 활에 살을 재여 들고 잔뜩 노기를 띤 얼굴로 그를 맞았다.

순식은 영공 앞에 나아가

"제가 간언을 올리려는 것이 아니고 바둑돌을 열두 개를 쌓고 그 위에 계란 아홉 개를 올려 보여드릴까 합니다."

영공도 긴장을 풀고 그러한 묘기를 보고 싶어 하였다.

순식은 정색을 하고 정신을 집중하고 아래에 바둑돌을 놓고 계란 아홉 개를 그 위에 올려 놓았다.

사람들은 잔뜩 긴장하여 숨을 죽이고 지켜 보았고, 영공도

　　"어, 위험해! 위험해!"

하면서 숨도 제대로 쉬지 못하였다.

　　순식은

　　"위험할 것 없습니다. 이보다 더 위험한 일이 있습니다."

라고 말하였다.

　　영공은

　　"그게 뭐요? 어디 한번 들어나 봅시다."

라고 말하며 바짝 앞으로 다가섰다.

　　순식은

　　"9층 누각을 짓는 일이 3년이 지나도록 아직 끝나지 않아 나라 안 모든 남정네들은 농사일을 제쳐둔 상태이

고, 여자들은 베를 짜지 못하고 있으며, 나라의 곳간은
텅텅 비어있는 상태입니다. 바야흐로 이웃나라에서는
우리나라를 치고 들어올 태세이고, 국가 사직이 멸망의
위기에 놓여 있습니다. 임금께서는 무엇을 바라십니
까?"

하고 안타까운 심정을 솔직하게 털어 놓았다.

　영공은

　"내가 정말 잘못했구려!"

말하고, 쌓아 올라가던 9층 누대를 모두 부셔버렸다.

출전 『설원說苑』

사자성어 루란위기累卵危機

해설 나라가 여러 가지 어려운 처지에 있는데 위정자
　　가 불요불급한 대규모 토목공사를 일으켜 국고를
　　탕진하게 되면 국운이 루란의 위기를 맞게 될 것
　　은 자명한 일이다.

함께 고향으로 가고 싶어서

초나라 소왕이 오나라와 싸워 패하여 달아나면서 길에서 신발 끈이 풀려 신발을 잃었는데 삼십 리나 갔다가 되돌아와 그 신발을 다시 찾았다.

한참을 가다가 좌우의 신하가 "왕께서는 어찌 그토록 그 신발을 아끼십니까?" 하고 물었다.

소왕은

"초나라가 가난하다지만, 어찌 신발 한 켤레를 아낄 것이랴? 함께 고향으로 돌아가고 싶어서였다네."

이런 일이 있은 뒤로 초나라 풍속에는 물건을 함부로 버리는 일이 없어졌다.

출전 『신서 유성新書 諭誠』

사자성어 소왕습극昭王拾屨

해설 외국에까지 들고 나갔던 제나라 물건을 함부로 버리고 와서는 안된다.
교전국 사이에 전쟁이 끝난 뒤에도 포로 교환이나 전사자의 유해 송환
도 그런 의식을 바탕에 깔고 있다.

적이 쳐들어 왔다. 절름발이가 장님에게 길을 알려주고, 장님은 절름발이를 업고 달아나서 두 사람이 모두 살았다.

서로가 힘을 합쳐할 수 있는 일을 한 것이다. 장님으로 하여금 절름발이 등에 업혀 길잡이를 하게 하고, 절름발이로 하여금 장님을 업고 달아나게 하였더라면 둘이가 각각 할 수 있는 일을 제대로 한 것이라고 할 수 없다.

출전 『회남자 설산훈淮南子 說山訓』
사자성어 양인개활兩人皆活
해설 일부 신체적인 장애를 지닌 두 사람이 각자의 능력을 최대로 발휘할 수 있는 협동체제를 갖추는 것이 성과를 극대화할 수 있는 방안이다.

화와 복이 갈마드는 세상

국경 가까이에 사는 사람 가운데 도술에 능한 이가 있었다.

그의 집에서 기르는 말이 까닭 없이 오랑캐 지역으로 넘어갔다.

사람들이 모두 그 일에 대하여 위로의 말을 하자, 그 사람은

"이 일이 복이 될 수도 있지 않겠어요?"

하며, 아무렇지도 않다는 듯한 태도였다.

몇 달이 지나자 집을 나갔던 말이 오랑캐 지역의 준마를 데리고 돌아왔다.

사람들이 모두 축하하자, 그 사람은

"이 일이 화가 될 수 있을지, 또 누가 알겠어요?"

라고 받아 넘겼다.

집에 좋은 말이 많고, 아들이 말을 타기 좋아하다가

말에서 떨어져 다리가 부러졌다.

　사람들이 모두 위로하자, 그 사람은

　"이 일이 복이 될 수도 있지 않겠어요?"

하며, 대수롭지 않게 여겼다.

　한 해가 지나자 오랑캐가 변경을 넘어 크게 침공하였

는데 몸이 성한 사람들은 모두 나가 싸워 국경 근처 사

람들이 많이 목숨을 잃기도 하였는데 그집 아들은 절름발이라는 이유로 아버지와 아들이 함께 목숨을 부지할 수 있었다.

출전 『회남자 인간훈淮南子 人間訓』

사자성어 새옹지마塞翁之馬

해설 세상만사를 화복의 순환현상으로 보는 도가적 사상을 배경으로 깔고 있다.

재주꾼들의 모임

　공손룡公孫龍이 조趙나라에 있을 때 제자들에게

　"나는 아무 재주도 없는 사람과는 사귀지도 않을 것
이니라."

라고 말하였다.

　이때 갈포 저고리에 새끼 허리띠를 맨 남루한 옷차림
의 한 사나이가 앞으로 나서며

　"저는 큰소리로 멀리 있는 사람을 불러오는 재주가
있습니다."

라고 말하였다.

　공손룡은 제자들을 돌아보며

　"우리 문하에 큰소리 잘 지르는 사람이 있는가?"

라고 물었다.

　제자들이

　"우리에게는 그런 재주를 지니고 있는 사람이 없습

니다.”

라고 대답하자, 공손룡은 곧 그를 '제자명단' 에 올리라고 지시하였다.

　몇일 뒤 공손룡이 유세차 연燕나라 왕을 찾아가는데 어느 강가에 다달았다.

배가 강 건너에 있는지라 공손룡은 큰소리를 잘 외치는 사람을 시켜 그 배를 불러오도록 하였다.

출전 『회남자 도응훈淮南子 道應訓』

사자성어 의갈대색衣褐帶索

해설 옛날 맹상군孟嘗君은 문하에 식객이 3천 명이나 있어 그들의 재주로 번번이 위기를 벗어날 수가 있었다 한다. 공손룡 문하에도 큰소리로 강 건너에 있는 배를 불러올 수 있는 재주를 지닌 사람이 있어 일정이 순조로울 수 있었다. 국가 경영에도 다양한 재주를 지닌 인재들이 고루 필요하다.

나라가 바로 서려면

　나라의 기강을 바로잡는 데에는 위 아래 모두에게 고루 책임이 있다.

　나라를 다스리는 위치에 있는 사람은 백성들을 이끌어나갈 만한 덕德이 있어야 하고, 높은 직위에 있는 사람에게는 그 직책을 수행할 만한 능력이 있어야 한다. 덕이 모자란 사람이 통치자의 자리에 앉아 있다거나, 능력이 모자란 사람이 중요한 자리를 차지하고 있으면 아랫사람이 제대로 일을 할 수 없게 된다.

또 일을 잘하는 사람에게는 상을 주고, 잘못을 저지른 사람에게는 벌을 주어야 하는데, 상이나 벌이 제대로 주어지지 않으면 나라의 기강을 바로 세울 수 없다.

출전 『순자 정론荀子 正論』

사자성어 신상필벌信賞必罰

해설 덕이 없는 사람은 나라를 이끌어 나갈 수 없고, 능력이 모자란 사람은 주어진 직책을 제대로 수행할 수 없다. 그리고 잘하고 못하는 것을 제대로 가려 상을 주고 벌을 내리는 것도 국가기강을 바로세우는 중요한 틀이다. 어긋나거나 모자람이 없어야 한다.

兩漢
양   한

느린 것과 빠른 것

느린 것이
빠른 것이고

빠른 것이
느린 것이다

이는 거북이와 토끼가
우리에게 가르쳐 준 것이다 (2015년 4월 26일)

올빼미가 이사를 가다

올빼미가 비둘기를 만났다.

비둘기가 올빼미를 보고

"어디를 가느냐?"

하고 물었다.

올빼미는

"응, 나 동쪽으로 이사 갈 거야."

라고 대답하였다.

"어찌?"

"이곳 사람들이 모두 나의 울음소리를 싫어해서 말이야."

비둘기는 올빼미를 보고 물었다.

"네가 너의 그 울음소리를 바꿀 수 있다면 모르거니와, 울음소리를 바꾸지 못한다면 동쪽으로 이사를 가도 그곳 사람들도 너의 울음소리를 싫어할 건데…"

출전 『설원 담총說苑 談叢』

사자성어 자장안지子將安之

해설 사람들은 올빼미 울음소리를 싫어한다. 올빼미가 근본적으로 자기의 울음소리를 바꾸지 못하면, 그가 어디로 가든 사람들은 그의 울음소리를 싫어할 것이다. 그래서 사람들은 근본을 중하게 여기는 것이다.

예방조치와 화재진압

나그네가 어느 집 옆을 지나 가다가 그 집 굴뚝이 똑바로 세워져 있고 그 곁에 나뭇단이 싸여있는 것을 보았다. 나그네는 그 집주인에게 굴뚝을 굽은 것으로 바꾸고 나뭇단도 다른 곳으로 옮기라고 조언을 하면서, 그렇게 하지 않으면 집이 불에 탈 염려가 있다고 경고하였다. 주인은 그에 대하여 아무런 반응을 보이지 않았다.

그런데 이내 그 집에 불이 나고 마을 사람들이 달려와 불을 껐고 불길도 곧 잡혔다. 이에 주인은 소를 잡고 술상을 차려 불을 끄는데 힘써 준 이웃사람들에게 고마움을 나타내고, 화상까지 입은 이를 상석에 모시고 애쓴 정도에 따라 자리를 정하였다. 그러면서도 곧은 굴뚝을 굽은 굴뚝으로 바꾸고 나뭇단을 다른 곳으로 옮기라고 조언한 사람에게는 자리를 내어주지 않았다.

이를 지켜보고 있던 누군가가 주인에게

"나그네의 조언만 들었어도 소 잡고 술상 차려 낼 것
도 없고 불도 나지 않았을 것인데, 지금 소 잡고 술상
차려 불 끈 사람들의 공을 치하하면서, 굴뚝 고치고 나
뭇단을 다른 곳으로 옮기라고 말한 사람에게는 앉을 자
리조차 마련해 주지 않으니 이럴 수가 있소?"

라고 말하자, 집주인도 자기의 실수를 인정하고 나그네
에게도 자리를 내어 주었다.

출전 『한서 곽광전漢書 霍光傳』

사자성어 논공행상論功行賞

해설 화재로 인한 재산 피해나 인명 손상을 안타까워하지만 말고 사전에 예
방조치를 철저히 강구하여 그러한 일이 일어나지 않도록 하는 것이 바
람직하다. 나라 살림을 꾸려나가는 위정자도 교훈으로 삼을만 하다.

직책에 따라 사람이 바뀐다

진나라 평공平公이 기계祁溪에게

"양설대부羊舌大夫는 진나라의 뛰어난 인재인데, 그의 성품이 어떠한가?"

하고 물었다.

기계는 짐짓 몸을 사리면서

"잘 모릅니다."

라고 대답하였다.

평공은

"그대는 어렸을 때 그의 집에서 자랐다고 들었는데, 어찌 모른다고 하는가?"

하고 되물었다.

기계는

"그가 어렸을 때에는 언동거지가 매우 공손하였으며, 잘못이 있으면 뒷날로 미루지 않고 그날로 바로 고

쳤습니다. 그리고 후대부_{侯大夫}가 되어서는 여러 면에서 공을 세웠으며 모든 면에서 겸손하였습니다. 그리고 공거위_{公車尉}가 되어서는 성실하게 신용을 지켰으며, 자기 휘하 장병들의 군공을 엄정하게 관리 평가하였습니다. 그리고 외빈을 접대하는 직책을 맡으면서는 온화한 모습으로 예절을 갖추었으며 식견이 넓었고 일을 처리함이 민첩하면서도 주견이 뚜렷하였습니다."

라고 대답하였다.

평공이

"그렇게까지 자상하게 알고 있으면서, 조금 전에 내가 물었을 때에는 어찌 모른다고 대답하였는가?"

라고 따져 물었다.

기계는

"직위 직책이 바뀔 때마다 앞으로 그가 어떻게 변할지 알 수 없기 때문이었습니다."
라고 대답하였다.

출전 『대대례기 위장군문자大戴禮記 衛將軍文子』

사자성어 온량호례溫良好禮

해설 '사람은 평생 열 번은 바뀐다.'는 말이 있다. 누구나 나이에 따라 하는 일에 따라 그때그때 모습이나 성품 태도가 바뀌게 마련이다.

초나라 왕을 무색하게 만든 안자의 언변

안자가 초나라로 사신을 가게 되었다. 초나라 왕은 이 소식을 듣고 좌우의 대신들에게

"안영은 제나라에서 말을 제일 잘하는 사람으로 알려져 있는데, 이번에 우리나라에 온다니 내가 그를 한 번 골려주어야겠는데 무슨 방법이 좋을까?"

하고 물었다.

좌우의 대신들이 왕에게 한 꾀를 아뢰었다.

"그가 도착한 뒤에 우리들이 사람 하나를 묶어 끌고 왕 앞을 지나갈 것입니다. 그때 왕께서는 '어디 놈이냐?' 하고 물으십시오. 그러면 저희가 '제나라 놈입니다.' 하고 대답하겠습니다.

왕께서는 '무슨 죄를 지었느냐?' 하고 물으십시오.

그러면 저희가 '절도범입니다.' 하고 대답할 것입니다."

얼마 있다가 안자가 초나라에 당도하였고, 초나라 왕은 그를 위하여 주연을 베풀었다. 바야흐로 분위가 무르익어갈 무렵 두명의 호송관이 사람 하나를 오랏줄에 묶어 끌고 왕 앞을 지나갔다.

왕은 넌지시

"무엇 때문에 손을 묶어 끌고 가느냐?"

하고 물었다.

호송관은

"제나라 놈인데, 남의 물건을 훔쳐 달아나다 붙잡혔습니다."

라고 대답하였다. 초나라 왕은 고개를 돌려 안영을 바라보면서

"제나라 사람들은 원래 남의 물건을 훔치기를 좋아하나요?"

하고 물었다.

안영은 자리에서 일어나 초나라 왕 앞으로 다가오면
서

"제가 듣기에 귤나무가 강남에서 자라면 향기로운
열매를 맺는데, 강북으로 옮겨 심으면 그 나무에 떫은
탱자가 열린다 하였습니다. 이 두 나무는 잎은 비슷하
지만 열매의 맛은 다릅니다. 이는 물과 토양이 다르기
때문입니다. 지금 붙들려 온 이 사람도 제나라에서 살
때에는 남의 물건을 훔치는 따위의 짓을 하지 않았을
텐데, 초나라에 와서 도둑질까지 하게 되니, 이는 초나
라의 풍토가 사람을 쉽게 도둑으로 만들기 때문 아닐까
요?"

초나라 왕은 계면쩍은 표정을 지으면서

"현명한 분에게 함부로 농지거리를 하여서는 안되는

것인데, 제가 오히려 쑥스럽게 되었네요!"

하고 그 장면을 얼버무렸다.

출전 『안자춘추 내편晏子春秋 內篇』

사자성어 오욕욕지吾欲辱之

해설 안영을 욕보이려던 초왕이 도리어 안영에게 욕을 보는 장면이 극적으로
묘사되어 있다.

현명한 재상이 할 일

경차景差가 정나라 재상이 되었다.

정나라 사람이 추운 겨울에 정강이를 다 드러내 놓고 물을 건넜는데 살이 시퍼렇게 얼었다.

마침 경차가 수레를 타고 지나다가 이 사람을 부축하여 수행원의 수레에 태우고 옷도 갈아 입혔다.

진나라 대부 숙향叔向이 이 이야기를 듣고 나더니

"재상까지 된 사람이 어찌 지각이 그리 모자랄까? 내가 듣기에, 현명하고 덕망이 있는 관리가 다스리는 고

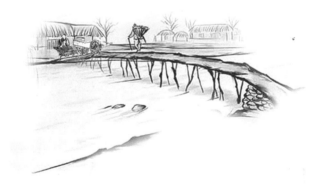

을에서는 3월이 되면 물길을 소통시키고, 10월이 되면 하천의 다리를 정비하여 가축들도 물에 젖지 않고 강을 건너다니는데, 사람이야 말할 것도 없지 않은가!"
라고 말하더란다.

출전 『설원 정리說苑 政理』
사자성어 경차상정景差相鄭
해설 국정의 최우선 목표는, 국민의 생명 재산을 보호하고 살기 좋은 나라를 만드는 것이다.

혜자의 비유 수법

문객이 양왕에게

"혜자가 무슨 이야기를 할 때 곧잘 비유 수법을 씁니다. 왕께서 비유 수법을 쓰지 못하도록 하시면 그는 말도 제대로 못할 것입니다."

라고 진언하였다.

양왕은

"알겠네. 내 그리하지."

라고 답하였다.

다음날 혜자를 만났을 때, 왕은 혜자에게

"선생께서는 말씀을 할 때 곧장 하고 비유를 하지 마시오."

라고 일렀다.

혜자는

"활을 알지 못하는 사람에게 '활 모양이 어떻게 생겼

오?' 라고 물었을 때, 그가 '활의 모양은 활 같습니다.'
라고 말하면 알아들을 수 있을까요?"
라고 말하였다.

　왕은

　"알아들을 수 없겠지."
라고 대답하였다.

　이에 혜자는 다시

　" '활은 대나무를 반달처럼 휘여 거기에 비단 실을 걸
어 살을 얹어 쏘는 무기' 라고 말한다면 알아들을 수 있
겠습니까?"
라고 물었다.

　왕은

　"알아들을만 하네."
라고 대답하였다.

혜자는

"말이라는 것은 자기가 알고 있는 것으로 남이 알지
못한 것을 알아들을 수 있도록 하는 수단인 것입니다.
지금 왕께서 '비유를 쓰지 말라' 하셨는데, 그리할 수
없습니다."
라고 아뢰었고, 왕도

"알겠네."
라고 고개를 끄덕였다.

출전 『설원 선설說苑 善說』
사자성어 이죽위현以竹爲絃
해설 형상 사유란 화자가 상대방에게 추상적인 내용을
구체적인 묘사를 통하여 그 개념을 전달하는 하
나의 수사기법이다.

준비증강과 외교력 강화

감무甘戊가 제나라로 사신으로 가면서 배로 황하를
건너게 되었다.

뱃사공이

"황하는 한줄기 강일뿐인데 그대는 자기 힘으로 강
하나도 건너지 못하는 터에 육국을 누비는 유세객 노릇
을 할 수 있겠오?"

하고 따지고 들었다.

감무는 뱃사공에게

"그렇지 않소이다. 당신은 뭣 모르고 있소! 이 세상
모든 일에 각기 길고 짧은 것이 있게 마련이오. 모든 일
을 삼가고 지략이 뛰어나고 충성심이 두터운 사람은 임
금을 섬겨 군대를 거느리지 않고도 이웃나라끼리 전쟁
을 하지 않게 할 수 있소. 천리마가 하루에 천리를 달릴
수 있다 해도 마구간에 묶어두고 쥐나 잡게 한다면 하

는 짓이 고양이만도 못할 것이고, 천하의 명검도 나무
나 자르기로 하면 도끼만 못할 것이오. 삿대로 배를 저
어 강을 오르내리는 일을 한다면 내가 당신만 못할 것
이지만, 큰 나라의 군왕 앞에서 전쟁을 그만 두고 서로
평화를 지켜나가도록 조정하는
일을 수행하는데 있어서는
그대가 나만 못할 것이오."
라고 설명하였다.

출전 『설원 잡언說苑 雜言』
사자성어 각유단장各有短長
해설 나라를 보위하는데 있어서는 국방력 증강 못지않
게 뛰어난 외교수완의 발휘가 또한 필요하다.

외발 용과 네발 소

성聲씨 집의 소가 밤에 도망을 나갔다가 길에서 외발
로 다니는 기夔를 만나 가던 길을 멈추고 물었다.

"나는 발이 넷인데도 빨리 뛰지 못하는데, 너는 외발
로도 그리 잘 뛰니 어찌 된 일이냐?"

외발 용은

"나는 발이 하나이기 때문에 너보다 빠른 것이다."
라고 답하였다.

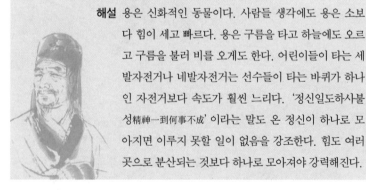

출전 『환담 신론桓譚 新論』

사자성어 동이불선動而不善

해설 용은 신화적인 동물이다. 사람들 생각에도 용은 소보
다 힘이 세고 빠르다. 용은 구름을 타고 하늘에도 오르
고 구름을 불러 비를 오게도 한다. 어린이들이 타는 세
발자전거나 네발자전거는 선수들이 타는 바퀴가 하나
인 자전거보다 속도가 훨씬 느리다. '정신일도하사불
성精神一到何事不成'이라는 말도 온 정신이 하나로 모
아지면 이루지 못할 일이 없음을 강조한다. 힘도 여러
곳으로 분산되는 것보다 하나로 모아져야 강력해진다.

쇠귀에 경 읽기

옛날 어떤 사람이 소에게 맑은 가락의 음악을 들려 주었는데 소는 들은 체 만 체 여물만 씹었다. 소가 듣지 않은 것이 아니고 소의 귀에 그 음악이 어울리지 않기 때문이다.

모기나 쇠파리 소리를, 또는 송아지가 우는 소리를 들려주니 꼬리를 흔들거나 발을 움직이며 들었다.

출전 『한나라 때 모융이 지었다는 〈모자茅子〉』

사자성어 복식여고伏食如故

해설 사람이나 짐승, 또는 곤충은 모든 소리에 각각 다르게 반응한다. 어리석은 사람에게는 아무리 훌륭한 내용의 음악이나 말씀을 들려주어도 별로 귀담아들으려 하지 않는다. 그것은 그 음악이나 말씀이 그들에게 감동을 주지 않기 때문이다. '쇠귀에 경 읽기'도 그런 뜻을 담은 말이다.

빗겨만 가는 벼슬길

옛날 낙양 근처 어떤 사람이 남달리 벼슬 운이 없어 백발노인이 되도록 변변한 일자리 하나 얻지 못하고 울상을 지으며 거리를 헤매고 다녔다.

누군가가 그에게

"어찌 그리 눈물만 흘리고 다니느냐?"

하고 묻자,

그는

"저는 벼슬 운이 없는 사람입니다. 이 나이 되도록

일자리를 얻지 못하여 이 꼴입니다."

　"어찌 그리도 기회가 없더란 말이요?"

하고 물으니, 그 사람은

　"젊어서는 인문 쪽을 공부했지요. 어느 정도 기초가 생겨 그걸로 취직하려 했지요. 그런데 임금이 나이 든 사람만 좋아하십디다. 노령자만 골라 등용하시던 임금께서 돌아가시자, 다음 임금께서는 또 무인들을 좋아하시더라구요. 제가 다시 무공을 익혀 상당한 수준에 이르렀을 때 무인을 좋아하시던 임금께서 돌아가시더니 이번에는 젊은 임금께서 왕위에 올라 젊은 사람들을 주로 임용하시는데 그때 저는 이미 나이가 들어버렸더랍니다. 이렇게 저는 한 번도 기회를 얻지 못했지요."

라고 슬픈 표정을 지었다.

벼슬길에도 시운時運이 있는 법이라 애써 구한다고
얻어지는 것도 아니다.

출전 『논형 봉우論衡 逢遇』

사자성어 사환유시仕宦有時

해설 '진인사대천명盡人事待天命'이란 말이 있다. 최선을 다하여 노력하는
　　　사람에게는 반드시 기회가 있기 마련이다. 스스로 좌절하는 사람에게
　　　기회는 머물지 않는다.

마음이 어진 사람

노나라 임금이 유하혜柳下惠에게 물었다.

"내가 제나라를 치려하는데 그대 생각은 어떠시오?"

유하혜는 서슴지 않고

"아니 됩니다."

라고 대답하였다.

유하혜는 퇴청 후 얼굴에 근심 어린 빛을 띄우며

"이웃나라를 침공하는 일 따위는 마음이 어진 사람
에게 물어볼 일도 아닌데, 이 문제를 어찌 나에게 물으
셨을까?"

하며 우울한 마음을 내내 금할 수가 없었다.

출전 『춘추번로春秋繁露』
사자성어 견문이우見問而憂
해설 마음이 어진 사람은 전쟁에 관한 이야기를 하거나 듣기
싫어한다.

사슴을 말이라 하다

진秦나라 때 환관 조고趙高는 반란을 일으켜 나라를 빼앗을 궁리를 하였다.

신하들이 그의 뜻에 따르지 않을 것을 염려하여 한 꾀를 내었다.

중신들이 모인 자리에서 임금에게 사슴을 바치면서

"말이옵니다."

하고 아뢰었다.

임금이 웃으면서

"승상이 사슴을 보고 말이라 하다니, 무엇을 잘못 보았오!"

하면서 좌우를 둘러보고 물었다.

그 자리에 있던 신하들이 아예 입을 다물거나 또는 조고의 눈치를 살피면서 말이라 하기도 하고, 혹은 사슴이라 하기도 하였다.

조고는 임금에게 사실대로 사슴을 사슴이라 말한 신하를 기억해 두었다가 뒤에 법에 걸어 제거하였다.

출전 『사기 진시황본기史記 秦始皇本紀』
사자성어 지록위마指鹿爲馬
해설 대부분 사람들은 사리를 제대로 가릴 수 있는 능력을 지니고 있다. 위세를 등에 엎고 백을 흑이라 하고, 흑을 백이라 우기는 사람들이 있으나 그러한 위세는 오래 지탱해 나갈 수 없다.

장군의 화살

한나라 장군 이광李廣이 사냥을 나갔는데 풀섶에 큰 바위가 있는 것을 보고 호랑이인 줄 알고 힘껏 활을 당겨 쏘았다. 화살은 그대로 바위에 맞아 깊숙이 꽂혔다.

이상히 여긴 이광은 다시 활을 당겨 쏘았으나 화살은 바위에 맞아 튕겨 나왔다.

출전 『사기 이장군열전史記 李將軍列傳』
사자성어 사호입석射虎入石
해설 사람의 힘은 순간적인 흥분 또는 긴장상태에서 괴력을 발휘하기도 한다. 그러나 흥분 또는 긴장이 풀리면 그러한 현상은 이내 사라지고 만다.

초나라가 대군을 동원하여 제나라를 침공해 들어왔
다.

제나라 왕이 순우곤淳于髡에게 황금 1백 근과 수레
10량을 예물로 내어주며 조나라에 가서 구원병을 청하
도록 하였다.

그러자 순우곤은 고개를 쳐들어 하늘을 바라보며 갓
끈이 끊어질 만큼 큰소리로 웃어재쳤다.

임금이

"예물이 적어서 그런가?"

하고 물었다.

순우곤은

"제가 어찌 그런 뜻으로 웃었겠습니까만…"

하고 말끝을 흐렸다.

임금은

"그처럼 웃어재치는 것을 보면, 분명 무슨 까닭이 있을 것 아니오?"

하고 재쳐 물었다.

이에 순우곤은 말을 이어나갔다.

"오늘 제가 이곳으로 오는 도중에 한 농부가 길가 사당에 돼지 뒷다리 하나와 술 한 잔을 차려놓고 올해 농사가 풍년이 되도록 해달라고 비는 것을 보았더랍니다. 차려놓은 제수는 적은데 바라는 것은 엄청 많은지라 그를 비웃었지요."

라고 말하였다.

순우곤의 말을 듣고 제나라 임금은 황금 2만 량과 백옥 열 쌍, 그리고 수레 1백 량과 말 4백 필을 예물로 내놓았다.

순우곤이 이처럼 많은 예물을 가지고 조나라에 도착

하자, 조나라 임금은 바로 그에게 날랜 군사 10만 명과 전차 1천 대를 빌려 주었다.

이 소식을 전해 들은 초나라는 그날 밤으로 부대를 철수 시켰다.

출전 『사기 골계열전史記 滑稽列傳』

사자성어 앙천대소仰天大笑

해설 손자병법에 보면 "싸우지 않고 이기는 것이 최상의 방책이다."라고 말하고 있다. 유세가의 활약으로 제 나라와 초나라가 싸우지 않게 되었으니 서로 전쟁비 용을 크게 줄인 셈이다.

믿음과 존경의 실체

다른 사람의 말을 듣고 나를 칭찬하는 사람은 또 다른 사람의 말을 듣고 나를 비방한다.

왕옹王翁이 맹손孟孫을 시켜 태산에 가서 신에게 제사를 지내도록 하였다.

그가 서주徐州를 지날 때 서주목사 송중옹宋仲翁이 그에게 나의 재주가 진평陳平이나 장량張良과 견줄만 하다고 말하는 것을 듣고 돌아와 나에게 그 말을 전하면서 새삼스럽게 존경심을 나타내었다.

나는 그에게

"그대와 나는 그 사이 여러 해를 사귀어 오면서 자네 입으로 나를 칭찬하는 말을 한 번도 듣지 못하였는데 중옹이 한 말을 듣고 새삼스러워 하네 그려! 만약 앞으로 또 누가 나를 헐뜯는 말을 하게 되면, 자네는 그 말을 믿을 것 아닌가? 난 자네가 오히려 무섭네 그려!"

라고 말해 주었다.

출전 『신론 건징新論 見徵』

사자성어 오외자야吾畏子也

해설 귀가 엷은 사람은 남의 말에 쉽게 넘어간다. 그러나 서로의 믿음이 굳으면 남이 뭐라 하던 내 마음은 변하지 않는다. 관중과 포숙의 사귐이 미담으로 오래 전해지는 것도 그 때문이다.

명품은 명인이 다루어야

제나라 경공景公이 사람을 시켜 활을 만들어 3년 만에 완성되었다.

경공이 활을 당겨 쏘아보니 황소 가죽 한 겹도 뚫지 못하였다.

경공이 노여워 궁인宮人을 죽이려 하였는데, 궁인의 아내가 경공을 뵙고 아뢰었다.

"저는 채 지방에서 온 여인으로 궁인의 아내이옵니다. 저의 남편이 만들어 올린 이 활은 태산 남쪽에서 나는 검정 산뽕나무와 연 지방의 물소 뿔과 초나라의 사슴 심줄과 황하에서 잡은 물고기의 부레풀로 만든 것입니다.

이 네 가지는 아주 귀한 재료로서 그것으로 만든 활이 황소 가죽을 한 겹 밖에 뚫지 못하였다면 참으로 이상한 일입니다.

제가 듣기로 해중奚仲이 만들었다는 수레도 혼자서
는 달릴 수 없으며, 막야莫耶가 만든 명검도 혼자서는
물건을 자를 수 없어 반드시 누군가가 그것을 움직여야
합니다.

활을 쏘는데 있어서도 왼손은 조용히 큰 바위를 밀쳐
내듯, 바른 손은 살짝 나뭇가지를 끌어당기듯, 손바닥
은 계란을 쥐듯, 손가락은 잘린 나무토막처럼 붙이고

바른 손으로 발사한 것을 왼손이 몰라야 합니다.

　이것이 활을 쏘는데 있어서의 하나의 법도이옵니다."

　경공이 그녀의 말대로 자세를 바로잡고 활을 쏘니 황소가죽 일곱 겹을 뚫었다.

출전 『한시외전韓詩外傳』

사자성어 삼년내성三年乃成

해설 아무리 훌륭한 시설이나 장비라 하더라도 그것을 다루는 요원들의 기본 소양이 갖추어져 있지 않으면 쓸모없는 것이 되고 만다. 정밀기계를 어설프게 다루면 오히려 위험요인이 발생할 수도 있다.

六朝
육 조

3

빈 그릇

빈 그릇을 물에 담그면
물이 절로 그릇에 차 들어 온다

빈 그릇에 물을 부으면
물이 차올라 오고
가득 차면 넘쳐 흐른다

내가 마음을 비우면
이 세상 모든 것이 절로 내 것이 되고
내 마음에 이 세상 모든 것이 차 들어 오면
더 가지려 할 것도 없다

마음을 비우면
이 세상 모든 것이 다 내 것이 된다 (2015년 1월 15일)

술잔에 비친 뱀 그림자

가깝게 지내던 친구가 오래도록 소식이 없어서 그 까닭을 캐어물었다.

그 친구의 해명인즉

"지난번에 찾아왔을 때 술자리에서 잔을 기울이다가 문득 술잔 안에 있는 뱀 그림자를 보았지 뭔가. 싫은 것을 억지로 마셨다가 병이 났더라네."

라고 말하는 것이었다.

당시 술상을 차렸던 방 벽에 활이 걸려 있었는데, 활에 그려진 뱀 모양이 술잔에 비쳤던 것이다.

주인은 친구를 위하여 다시 예전 자리에 술상을 차리고 벽에 걸린 활 그림자가 술잔 속에 비치도록 자리를 조정하고서 친구에게 물었다.

"지금 술잔에 무엇이 비치는가?"

그 친구는 술잔을 들여다 보면서

"전에 보이던 것이 그대로 다시 보이네."

라고 대답하였다. 주인의 설명을 듣고 나서 친구의 병

은 씻은 듯 사라졌다.

출전 『진서 악광전晉書 樂廣傳』

사자성어 배궁사영杯弓蛇影

해설 헛것을 보고 그것이 원인이 되어 이름 모를 병에 걸
리는 수도 있다. 병의 원인이 해명되고, 원인이 소
멸되면 병도 낫게 마련이다.

아내를 위한 선물

외지로 장사를 떠나는 남편을 보고 아내는 돌아올 때 빗 하나 사다 달라고 부탁하였다. 남편이 어떻게 생긴 물건이냐고 묻자, 아내는 손가락으로 하늘 위의 반달을 가리켰다.

장사를 마치고 집으로 돌아올 때 남편은 문득 아내가 사다달라고 한 물건이 생각났다. 밤하늘을 쳐다보니 둥근 달이 떠 있었다. 남편은 아내에게 줄 선물로 달처럼 생긴 거울 하나를 샀다.

출전 『소림笑林』

사자성어 간월매경看月買鏡

해설 오랫동안 외지로 장사를 나갔던 남편이 집으로 돌아올 때 아내를 위한 선물을 마련하는 마음이 곱다. 그것이 빗이건 거울이건 다 달을 닮았으니 분명 아내도 좋아할 것이다.

아흔아홉 마리와 한 마리

초나라에 양을 아흔아홉 마리 기르는 부자가 있었는데 백 마리로 채우고 싶었다. 그는 읍내의 한 친구를 찾아갔다. 그의 이웃에 양 한 마리를 기르는 가난한 사람이 살고 있었다.

부자는 그 사람을 찾아가

"우리 집 양이 아흔아홉 마리인데, 당신이 기르고 있는 한 마리를 나에게 주면 백 마리가 될 것인데 어떻습니까?"

하고 가난한 사람에게

양보를 구하였다.

출전 『금루자 잡기金縷子 雜記』

사자성어 영성아백盈成我百

해설 사람의 욕심에는 끝이 없다. 부자의 권세로 가난한 사람을 위압하려는
의도도 불순하려니와 '부익부富益富, 빈익빈貧益貧.' 도 우리가 사는 사
회의 하나의 병리 현상이다.

앵무새가 산불을 끄다

옛날 앵무새 한 마리가 어느 큰 산에 날아들었다. 산 중의 모든 새들과 짐승들이 서로 우애하며 어울려 살았다.

앵무새는

"이곳이 살기 좋은 곳이긴 하지만 나는 내가 살던 곳으로 돌아가야 해!"

하며, 그곳을 떠났다.

앵무새가 떠난지 몇 달이 지나 그 산에 큰 불이 나서 주변이 온통 불바다가 되었다.

멀리서 그 광경을 본 앵무새는 서둘러 강가로 날아가 두 날개에 물을 적셔 오가며 그 물로 불을 끄려 하였다.

하늘의 신이 그 애처로운 광경을 보고

"쯧쯧, 앵무새야 너는 어찌 그리 어리석은가? 천리에

타오르는 불을 네 그 작은 날개를 적신 물로 어찌 끌 수
있단 말인고?"
하며 안타까워하였다.

　앵무새는

　"제 힘으로 불을 끌 수 없다는 것을 저도 잘 압니다.
그러나 제가 그 산에 깃들어 사는 동안 그곳의 새나 짐
승들이 모두 형제처럼 저에게 대해 주었는데, 저로서도
차마 그냥 보고만 있을 수도 없지 않아요!"

라고 말하였다.

　이에 하늘의 신도 그 정성에 감동되어 큰 비를 내려
산불을 꺼 주었다.

출전 『잡비유경雜譬喩經』
사자성어 실위형제悉爲兄弟
해설 '지성이면 감천'이란 말도 있다. 앵무새의 정성에 천신도 감동한 것이
　　리라.

의사와 점쟁이

떠돌이 의사를 보고 누군가가

"요즈음 형편이 어떠십니까?"

하고 물었다.

그러자 의사는

"말도 마세요. 내 살림, 점쟁이가 다 망쳐 놓았어요.
점쟁이가 나를 보고 병자가
있는 집엘랑 아예 가
지도 말라고 하지 뭡
니까?"

출전 『소림笑林』

사자성어 산명선생算命先生

해설 의사가 점쟁이 말을 믿고 집안 살림에 어려움을 겪었다니 참으로 믿기
지 않은 옛날이야기이다.

이상하게 싱거운 국물

어떤 사람이 국을 끓이면서 먼저 소금을 풀어 국자로 떠서 맛을 보고 싱겁게 느껴져 다시 소금을 더 넣었다.

그리고 국자로 떠놓은 국물로 맛을 보니 여전히 싱겁게 느껴져 소금을 넣고 다시 국자에 남은 국물로 맛을 보니 여전히 싱겁게 느껴졌다.

이렇게 국자로 떠놓은 국물로 맛을 보고 싱거우면 소금을 넣고, 싱거우면 또 소금을 넣었는데 소금을 한 되 가량이나 넣었는데도 여전히 싱거운지라, 이를 이상하게 여겼다.

출전 『소림笑林』
사자성어 이표상지以杓嘗之
해설 무슨 일이든 이상이 발견되면 먼저 원인을 정확하게 파악하고 그에 맞는 해결방안을 찾아야 한다.

초미금焦尾琴

한 영제靈帝 때 채옹蔡邕이 황제에게 여러 차례 글을
올려 나라 일을 논급하였는데, 황제의 노여움을 사고
측근 중신들의 미움을 사 해를 입을까 걱정이 되어 멀
리 물길 따라 오吳 지방으로 몸을 피하였다.

오 지방에 도착한 어느 날 그곳 사람이 오동나무를
땔감으로 밥을 짓는데, 나무가 센 소리를 내며 타는 것
을 보고

"훌륭한 재목이로다!"

직감하고 그것을 얻어다가 금琴을 만들었다.

과연 참으로 아름다운 소리를 내었다. 그런데 밑 부분이 불에 그슬려 있어 그 이름을 * '초미금焦尾琴' 이라 불렀다.

*초미금焦尾琴 : 거문고의 딴 이름. 〔故事〕: 후한後漢의 채옹蔡邕이 이웃에서 오동나무를 태우는 소리를 듣고 질 좋은 재목임을 알고 반쯤 타다 남은 나무를 얻어 만들었다는 거문고.

출전 『수신기搜神記』
사자성어 삭이위금削以爲琴
해설 천하에 이름이 알려진 명기名器마다 그것이 탄생하고 전해지는 과정에서 숱한 사연들이 얽혀 있다. 더듬어 찾아봄직하다. 즐거운 일이 될 것이다.

풍수설의 폐해

집안에 무슨 일만 생기면 쪼르르 점쟁이를 찾아가는 사람이 있었다.

집안 어른이 무너진 담장 밑에 깔려 살려 달라 외치고 있는데, 아들이 달려 나와 자기 아버지를 보고

"조금만 참고 계세요. 바로 점쟁이를 찾아가 오늘 토목공사를 해도 좋은지 여부를 물어보고 올께요!"

하더란다.

출전 『소림笑林』

사자성어 음양선생陰陽先生

해설 위급상황이 닥치면 인명구조가 최우선이다. 점쟁이를 찾아가 토목공사 시작에 합당한 시간을 물어볼 시간적 여유가 어디 있겠는가?

하늘은 지붕이오 땅은 구들

류령劉伶은 언제나 술에 취해있고 멋대로 행동하였다.

더러는 옷을 홀랑 벗고 알몸으로 집안을 서성이기도 하였다.

혹 사람들이 이러한 그의 모습을 보고 비웃기도 하였는데, 류령은

　"나에게는 하늘이 지붕이고 땅은 구들, 집 이사 잠방이인 셈인데 그대들은 어쩌자고 남의 잠방이 속을 기웃거리는고?"
하고 핀잔이었다.

출전 『세설신어 임탄世說新語 任誕』

사자성어 종주방달縱酒放達

해설 세속적 예교 구속을 벗어던지고 맘껏 자유롭게 살고자 한 류령의 자유인 기질이 엿보인다. 당나라 때 이백李白도 "취하여 텅 빈 산에 벌렁 누우니 하늘과 땅이 바로 이불이오 베개로다."라고 읊었었다.

피서避暑와 피로避露

　정나라 사람이 더운 날 큰 나무 그늘 아래서 더위를 식히고 있었는데, 해가 옮겨가면서 나무 그림자도 옮겨가는지라 그도 그때그때 자리를 옮겨 앉았다. 해가 지면서 그는 나무 아래로 돌아왔다.

　달이 뜨면서 그는 또 나무 그림자를 따라서 옮겨가기 시작하였는데, 이슬이 옷을 적실까 걱정이 되었다. 나무 그림자가 멀리 옮겨 갈수록 그의 옷은 점점 더 젖어

들었다.

이 사람은 낮에는 그늘을 이용하여 재치 있게 더위를 피하였지만, 밤이 되면서는 그늘을 이용하여 이슬을 피하려 하였으니 멍청한 짓이 된 셈이다.

출전 『부랑 부자符郎 符子』

사자성어 일류영이 日流影移

해설 낮에는 나무 그늘 아래에서 더위를 피할 수 있지만 달밤에 그늘이 들면 이슬에 더 많이 젖는다. 낮과 밤을 가리지 않고 그늘만 찾아들면 문제가 해결될 것으로 믿은 사람의 어리석음을 꼬집은 우언이다.

여우에게 가죽 달라 한 사람

주周 지방 사람이 가죽옷을 매우 좋아하였다. 명품을 얻기 위하여 거하게 한 상 차려 여우들을 대접하면서 그들의 가죽을 얻고자 하였다.

낌새를 느낀 여우들은 그의 말이 끝나기도 전에 모두 산속으로 달아나 버렸다. 그리하여 그 사람은 10년이 지나도록 가죽옷 한 벌 만들지 못하였고, 5년이 지나도록 여우 한 마리 잡지 못하였다.

출전 『부랑 부자符朗 苻子』

사자성어 여호모피與狐謀皮

해설 여우에게 여우 가죽을 달라 하였으니, 애당초 안될 일을 꾸민 것이다. 서로의 이해관계가 충돌하면 일이 순조롭게 진행될 수 없음은 불문가지이다. 또 기밀을 요하는 공사를 공개적으로 추진하려 하였으니, 그 공사가 제대로 이루어질 수 없음도 당연한 일이다. 호랑이 보고 호랑이 가죽을 달라고 하면 순순히 내어줄 호랑이가 어디 있겠는가!

화살 껶기에서 얻은 교훈

아시阿豺에게는 아들이 스무 명 있었다.

아시는 임종에 즈음하여 아들들에게 각각 화살 한 대 씩을 가져와 그것을 껶어보라고 하였다.

아들들은 어렵지 않게 화살 한 대 씩을 껶었다. 아시 는 이어 동생 모리연慕利延에게도 화살 한 대를 껶어보 라고 하였다.

모리연은 화살 한 대를 힘들이지 않고 껶었다. 이어 아시는 모리연에게 나머지 열 아홉 대의 화살을 한 데

묶어 꺾어보라고 시켰다. 힘이 센 모리연도 그것을 꺾
지 못하였다.

　이에 아시는 그들 모두에게

　"알겠느냐? 화살 한 대면 쉽게 꺾지만, 화살 여러 대
를 한 데 묶어놓으면 꺾기 어렵느니라. 힘을 하나로 모
아야 국가 사직도 굳건하게 지켜나갈 수 있느니라."
하고 일렀다.

출전 『위서 열전魏書 列傳』
사자성어 단자이절單者易折
해설 "흩어지면 죽고 뭉치면 산다."는 교훈도 이 고사에
　　　 서 유래한 것이다.

믿지 못할 다섯 가지

위문후가 고권자에게 물었다.

"아버지가 현명하면 의지할만 한가?"

"부족합니다."

"아들이 현명하면 의지할 만한가?"

"부족합니다."

"형이 현명하면 의지할 만한가?"

"부족합니다."

"아우가 현명하면 의지할만 한가?"

"부족합니다."

"신하가 현명하면 의지할만 한가?"

"부족합니다."

문후가 발끈 노여운 기색을 띄며 말하였다.

"내가 그대에게 이 다섯 가지를 물었는데, 그대는 낱
낱이 부족하다 대꾸하니 어찌 된 셈인가?"

이에 고권자가 대답하기를

"아버지가 현명하기로는 요임금 만한 분이 없었는데 단주丹朱가 유배 당하였고, 아들이 현명하기로는 순임금만한 분이 없었지만 상象이 오만하였으며, 아우가 현명하기로는 주공만한 분이 없었지만 관중 포숙이 처형되었으며, 신하가 현명하기로는 탕湯·무武 만한 분이 없었지만 걸桀이나 주紂가 토벌되었습니다.

    누군가를 기다리면 그런 사람은 오지 않으며, 누군가
를 의지하면 오래가지 못합니다. 임금님께서 천하를
다스리려 한다면 먼저 자기부터 다스려야 합니다. 남
을 어찌 믿을 수 있겠습니까?"
하고 대답하였다.

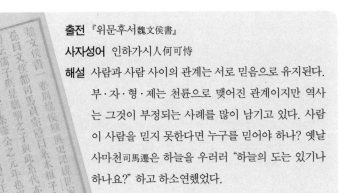

출전 『위문후서魏文侯書』

사자성어 인하가시人何可恃

해설 사람과 사람 사이의 관계는 서로 믿음으로 유지된다.
부·자·형·제는 천륜으로 맺어진 관계이지만 역사
는 그것이 부정되는 사례를 많이 남기고 있다. 사람
이 사람을 믿지 못한다면 누구를 믿어야 하나? 옛날
사마천司馬遷은 하늘을 우러러 "하늘의 도는 있기나
하나요?" 하고 하소연했었다.

소가 된 부자 영감

    누군가가 이웃의 부자 영감에게 쪽지를 보내 그 집의 소를 좀 빌리자고 요청하였다.

    글을 읽을 줄 모르는 부자 영감은 손님과 대화를 하면서 짐짓 이를 숨기고 봉투를 뜯어 읽는 시늉을 하면서 심부름 온 사람 쪽을 바라보면서

    "그래 알았네. 좀 있다 내가 직접 감세."

하더란다.

출전 『소림笑林』

사자성어 계함시지啓緘視之

해설 자기가 뭣 좀 안다고 사람들 앞에서 자꾸 이를 드러내려 하는 것도 일종의 허세이지만, 알지도 못하면서 아는 체 하는 것도 또한 허세이다. "소 좀 빌리자." 하였는데 "그래 알았네. 좀 있다 내가 직접 감세." 하였으니 부자가 소가 된 셈이다.

시골 양반이 도성에 갔다가 얻어 온 지혜

어느 시골 사람이 도성에 갔다가 등에 매를 맞은 사람이 뜨거운 말 오줌으로 등을 씻는 것을 보고

"무엇 때문에 그렇게 하나요?"

하고 물었다.

그 사람이

"상처가 빨리 아물고 흉터도 생기지 않는답니다."

라고 대답하였다.

이 사람은 그 말을 마음속에 새겨 두었다. 그리고 집에 돌아와 가족들에게

"내가 오늘 도성에 갔다가 큰 지혜를 얻었더라네."

하고 말하였다.

집안사람이

"도성에 가서 큰 지혜를 얻어 오셨다는데, 어떤 지혜인가요?"

하고 물었다.

　그 사람은 곧 하인을 부르더니

　"회초리를 가져오게. 그리고 내 등을 2백 대쯤 사정
없이 치게!"
하고 명하였다.

　하인은 그것이 집주인의 명령인지라 어길 수가 없어
아프게 2백 대를 내리치니 등에 피가 철철 흘렀다. 그
러자 주인은 하인을 시켜 뜨거운 말 오줌을 가져와 상

처를 씻어내도록 하였다. 그러자 상처가 쉽게 아물고
흉터도 생기지 않았다.

그제서야 그는 가족에게

"자네들은 알겠는가? 이것이 내가 도성에 나갔다가
얻어 온 지혜라네!"

라고 자랑하더란다.

출전 『잡비유경雜譬喩經』
사자성어 하고약시何故若是
해설 새로운 지혜를 얻는 데에는 피맺힌 아픔이 뒤따른다. 시골 양반이 도성
에 나갔다 얻어온 지혜도 좀 우직하긴 하나 바로 그런 예에 속한다.

온 나라가 미쳐 돌아가다

옛날 어느 나라에 우물이 하나 있었는데, 이름을 '광천狂泉' 이라 하였다.

사람들은 모두 이 우물을 마셨으므로 나라 안에 미치지 않는 사람이 없었다. 다만 임금님 만은 궁중에 따로 우물을 파서 마셨으므로 임금님 혼자서 미치지 않을 수 있었다.

나라 안 모두가 함께 미쳐 임금 혼자서 미치지 않은 것을 두고 도리어 임금이 미쳤다고 하였고, 모두가 머

리를 맞대고 임금을 미치도록 만드는 궁리를 하였다.

임금의 병을 치료하기 위하여 침, 쑥뜸, 약제를 비롯하여 모든 의료도구가 다 동원되었다.

임금님은 그 고통을 견디지 못하고 스스로 '미치는 샘' 으로 달려 나가 그 물을 퍼서 마시고 함께 미쳐버렸다.

임금, 신하 모두가 함께 미쳐 돌아가니 온 나라 안에 기쁨이 넘쳤다.

출전 『송서 원찬전宋書 袁粲傳』

사자성어 독득무강獨得無羌

해설 미친 사람의 눈으로 보면 미치지 않은 사람이 오히려 이상하게 보일 수도 있다. 그런 사회에서 미치지 않고 혼자서 맑은 정신으로 살아가기란 어렵다. 함께 미쳐 돌아가는 것이 혹 공공의 안녕질서유지에 도움이 될 수도 있겠다. 옛날 초나라의 삼려대부 굴원屈原이 "세상이 다 취해서 돌아가는 판국에 혼자서 맑은 정신 유지하기가 어려웠노라."라고 토로한 〈어부사漁父詞〉의 넋두리도 같은 맥락에서 이해된다.

서로 보는 눈이 달라서

오나라 사람 둘이서 임금의 용모에 대하여 서로 의견이 갈렸다.

한 사람은

"잘 생기셨지요!"

라고 극찬하는데, 다른 한 사람은

"세상에 그런 추남이 없지요!"

라고 혹평하였다. 한참을 다투었으나 결판이 나지 않았다.

그리고 둘이 서로

"당신이 한번 내 눈 속으로 들어와 보시오. 잘 생겼
는지 못생겼는지 바로 판가름이 날 것이니…"
하고 물러서지 않았다.

출전 『만기론萬機論』
사자성어 구지불결久之不決
해설 동일실체를 놓고 사람마다 평가가 다른 것은 그들이 대상 사물을 보는
눈이 다르기 때문이다.

물에 빠진 사람을 구하는 길

어떤 사람의 아들이 물에 빠졌다. 아이 아버지는 멀리 남쪽나라에까지 가서 수영에 능한 사람들로 구조대를 편성하여 아들을 구하려 하였다.

그러나 특급 구조대가 현장에 도착할 때까지 아들은 버티지 못하고 결국 죽고 말았다.

출전 『금루자 입언金縷子 立言』
사자성어 가인구익假人救溺
해설 사람이 물에 빠졌을 때에는 당장 필요한 조치를 취하여야 한다. 수영을
잘하는 사람을 찾아 이곳저곳 헤맬 겨를이 없다.

공중루각을 짓고 싶은 부자

옛날 어리석은 한 부자가 있었다. 멍청한데다가 아는 것도 별로 없었다. 어느 부잣집을 찾아갔었는데 3층 누각에 건물 안이 널직널직하고 방안이 밝았다.

어리석은 부자는

"내가 가진 돈이 저만 못한 것도 아닌데, 나라고 저런 집을 가지지 말란 법도 없지 않은가?"

하는 생각이 들어, 바로 목수를 불러

"저 집처럼 반듯한 집을 한 채 지어줄 수 있겠는가?"

하고 물었다.

목수는

"그 집도 제가 지은 것입니다."

라고 대답하였다. 그러자 어리석은 부자가 자기에게도 그와 똑같은 집을 지어달라고 주문하였다.

목수는, 곧 설계를 마치고 누각을 세우기 시작하였

다. 어리석은 부자는 목수가 기초를 다지고 건물을 짓
는 것을 보고 의혹이 생기고 도무지 알 수가 없었다.

그래서 "지금 어떤 집을 지으려는거요?"

하고 물었다.

목수는

"3층 집을 짓고 있는 중입니다."

라고 대답하였다. 그러자 어리석은 부자는

"나는 아래 두 층은 필요가 없소. 먼저 제일 위쪽 3층

을 지어 주시오."

라고 요구하였다.

목수가

"그럴 수가 없습니다. 어떻게 맨 아래층을 짓지 않고 3층을 지을 수 있겠습니까?"

라고 말하는데, 어리석은 부자는 계속 억지를 쓰며

"나는 아래 두 층은 필요가 없어요! 제일 위층만 지어주면 돼요!"

라고 고집하였다.

출전 『백유경百喩經』

사자성어 아유전재我有錢財

해설 어리석은 사람 눈에는 높은 건물 상층부만 보이지, 그것이 기초에서부터 다져져 올라간 것이라는 것을 알지 못한다. 1층, 2층을 거치지 않고 바로 3층부터 건물을 지을 수는 없다.

나뭇잎으로 몸을 가린 도둑

가난한 초나라 사람이 버마재비가 매미를 잡을 때 나뭇잎으로 몸을 가리는 것을 보고 사람도 나뭇잎으로 몸을 가릴 수 있을 것이라는 생각이 들어 그러한 나뭇잎을 찾아 나섰다.

큰 나무 아래서 위를 쳐다보니 정말 버마재비가 몸을 가리고 있는 나뭇잎을 발견하고 손을 뻗어 꺾으려 하였다. 그런데 실수하여 그 나뭇잎이 바람에 날려 땅에 떨어져 다른 나뭇잎과 섞여 분간할 수 없게 되고 말았다.

그는 그 나무 아래 있는 낙엽 전부를 쓸어담아 몇 말이나 되는 것을 집에까지 들고 왔다.

집에 돌아온 그는 낙엽을 하나씩 하나씩 집어 들고 그것으로 자기 눈을 가리면서 아내에게

"내가 보여?"

하고 물었다. 그의 아내는 처음에는

"그래 보여요."

하고 사실대로 대답하였다.

　남편이 종일 지치지도 않고 나뭇잎을 들고 같은 물음을 되풀이 하자, 아내도 지치고 짜증이 나서 그만

　"안보여요!"

하고 대답해버렸다.

자기 아내가

"안보여요!"

하고 대답하자, 남자는 기뻐 날뛰면서 그 잎을 골라내어 속주머니에 넣고 거리로 뛰쳐 나갔다. 장터에 나타난 그는 나뭇잎으로 자기 얼굴을 가리고 남의 물건을 훔쳐 마대에 쓸어 담았다.

그는 그 자리에서 포졸에게 잡혀 강도죄로 포도청으로 압송되었다.

출전 『소림笑林』

사자성어 이엽자장以葉自障

해설 도둑은 세상이 자기를 보지 못하는 것인지 자기가 세상을 못 보는 것인지 조차 분간하지 못하고 큰 실수를 한 것이다.

마음의 동요

임금이 한 자 넓이의 가죽 위에 한 치 크기의 과녁을 그려놓고 신궁으로 알려진 예羿에게 활을 쏘라 하였다.

그리고 조건을 제시하였다.

"그대가 과녁을 맞추면 만금의 상을 내릴 것이고, 맞추지 못하면 그대의 식읍 가운데 일 천읍을 삭감할 것이다."

라고 하였다.

예는 얼굴이 붉으락 푸르락 하며 마음이 안정되지 못한 상태에서 시위를 당겨 활을 쏘았으나 명중되지 않았고, 다시 쏘았으나 역시 맞지 않았다.

임금이 옆에 있던 신하들에게 물었다.

"예가 지금까지 활을 쏘아 맞지 않은 적이 없었는데, 상과 벌을 내거니 활이 맞지 않았다. 이는 어찌 된 일이냐?"

신하가

"예가 이렇게 된 것은 그의 마음이 흔들려 활 솜씨에 영향을 준 때문입니다. 마음속의 기쁨과 두려움이 재앙이 되고, 만금의 상이 환난이 된 것입니다. 사람이 그 기쁨이나 두려움을 염두에 두지 않고, 만금의 상을 잊는다면 이 세상 누구나 예에 못지않은 명궁이 될 수 있

을 것입니다."

라고 대답하였다.

출전 『부랑 부자符朗 苻子』

사자성어 용무정색容無定色

해설 마음의 상태는 모든 일의 성패에 영향을 미친다. 양궁 선수들이 활을 쏘
기 전에 과녁을 응시하고 숨을 고르는 것도 마음의 동요를 진정시키기
위한 것이다.

비싼 돈으로 이웃을 사다

계아季雅가 남강군수에서 물러나 승진僧珍의 집 옆에 살 집을 마련하였다.

승진이 이사 비용에 대하여 묻자,

"일천일백만 전을 드렸네."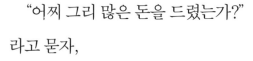

라고 답하였다.

"어찌 그리 많은 돈을 드렸는가?"

라고 묻자,

"일백만 전으로는 집터를 사고, 일천만 전으로는 이웃을 샀다네."

라고 답하였다.

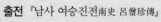

출전 『남사 여승진전南史 呂僧珍傳』
사자성어 천만매린千萬買隣
해설 계아가 집값의 열 배를 드려 이웃을 산 셈이다. 개인 주거환경을 따지는데 이웃이 얼마나 큰 비중을 차지하는지를 단적으로 설명하는 말이다.

唐宋
당 송

4

寓言故事

봄을 품은 겨울 산

눈이 온다
펑펑 눈이 온다

겨울 산이
두꺼운 하늘까지 끌어다 덮고
길게 누었다

어미닭이 알을 품듯
눈 덮인 겨울 산이
입 다물고
봄을 품었다 (2013년 10월 11일)

용 때문에 억울한 돼지

흑담黑潭의 물 먹물처럼 검푸른데

신령스런 용이 산다는데 사람들은 본 일이 없어

연못 위에 사당 짓고 제사 모시는데

용은 신이 아닌데 사람들은 신으로 떠받드네.

풍 · 흉년, 홍수 · 가뭄, 그리고 질병

이런 것들 다 용의 짓이라 하고

집집마다 돼지 잡고 술 빚어

아침저녁 무당 모시고 제사 지내네.

신이 오셨는가 바람 건듯 불고

지전 태우고 비단 우산 펼쳤네.

신이 가셨는가 바람도 잔잔

향불 사글고 제수 썰렁 식었네.

고깃덩이 바위 위에 널브러져 있고

사당 앞 풀밭에 제주 흩뿌리네.

용신은 얼마나 잡수셨는지

숲 속 다람쥐 여우는 마냥 배가 부르네.

여우는 무슨 복 돼지는 또 무슨 죄

해마다 돼지 잡아 여우 먹이네.

여우는 용신 덕으로 돼지 먹어 치우는데

연못 깊은 곳 용왕께선 아시기나 하는지.

출전 『백씨장경집白氏長慶集』

사자성어 호가용신狐假龍神

해설 백거이의 '신악부시新樂府詩' 가운데의 한 수이다. 사람
들은 본 일조차 없는 용왕님께 제사 지낸다고 해마다 무
고한 돼지만 잡아 죽인다. 유가의 눈으로 보면 민간의
무속신앙 때문에 목숨을 잃는 돼지가 안쓰러운 것이다.

거울 이야기

거울을 만드는 사람이 가게 안에 거울 열 개를 늘어놓았다. 그 가운데 하나만 반짝반짝 밝게 비치고, 나머지 아홉 개는 모두 안개가 낀 것처럼 뿌옇었다.

누군가가

"정교하고 조잡함이 너무 다르네요."

라고 말하였다.

거울집 아저씨는

"모든 거울을 다 반짝이고 밝게 만들 수 없는 것은 아니랍니다. 장사를 하는 입장에서는 물건을 파는 일이 급합니다. 거울을 사러 오는 사람은 반드시 모든 거울을 두루 살펴본 다음 자기에게 맞는 것을 고르게 마련입니다. 저 반짝이고 밝은 거울은 자기의 작은 결점도 숨길 수 없습니다. 만일 모습이 아주 잘생긴 사람이 아니면 쓸 수 없습니다. 그리하여 10대 1의 비율로 전시하는 것입니다."

라고 설명하였다.

　나는 느낀 바가 있어 이 "흐릿한 거울 혼경사昏鏡詞"
이라는 제목의 글을 쓰게 되었다. 흐리고 밝지 못한 동
경銅鏡은 상등의 재료를 써서 만든 것이 아니어서 흐릿
흐릿하여 사람들이 제 모습을 분명하게 볼 수 없다.

　용모가 못생긴 사람은 대다수가 자기를 속여 가며 흐
린 거울도 다른 거울처럼 밝다고 한다.

　결함이 있어도 다 비추어내지 못하기 때문에 아름다

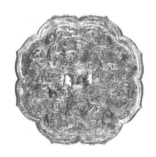

운 자태가 수시로 나타나서 하루에도 너댓 번 씩 비추어가며 스스로 자신이 대단한 미인이라 여긴다. 아롱다롱 예쁜 색실로 끈을 해서 매달고 거울 상자도 고급의 옥돌로 만든다.

밝은 거울이 귀한 것이 아닌 것은 아니나 못생긴 사람들에게는 무시를 당하게 마련이다!

출전 『유몽득문집劉夢得文集』
사자성어 구여기의求與己宜
해설 못생긴 사람은 밝은 거울을 자주 들여다보려 하지 않는다. 그만큼 가게에서도 잘 팔리지 않는다.

분수를 망각한 새끼사슴

임강 고을의 어떤 사람이 사냥을 나갔다가 새끼사슴 한 마리를 잡아 집에서 기르려고 품에 안고 돌아왔다. 대문에 들어서자, 집에서 기르고 있던 여러 마리의 개들이 군침을 흘리며 꼬리를 흔들며 몰려나왔다. 주인은 큰소리로 야단을 치며 쫓았다.

그 뒤로 주인은 날마다 새끼사슴을 안고 개들이 있는 곳으로 가서 보여주며 개들이 새끼사슴을 해치지 않도록 훈련을 시켰고 그들이 함께 어울려 놀게 하였다.

그렇게 오랜 시간이 흘러가자 개들도 마침내 주인의 뜻에 따라 새끼사슴과 함께 어울려 잘 지내게 되었다.

새끼사슴은 하루하루 몸집이 커지자 자기가 사슴이라는 것을 잊고, 개들이 정말 자기의 친구인 것처럼 생각하고 종일 함께 어울려 놀며 친해졌다.

개들도 주인의 눈치를 보며 새끼사슴과 친하게 지냈

으나 틈만 있으면 잡아먹을 생각으로 이따금 입맛을 다시기도 하였다.

이렇게 3년이 지난 어느 날, 새끼사슴은 우연히 집 대문을 나섰는데 길에 개들이 많은 것을 보고 그들이 다 친구인 줄 알고 달려가서 함께 어울려 놀려고 하였다. 그러나 문밖의 개들은 새끼사슴을 보자 처음엔 좋아하다가 이내 큰소리로 짖어대며 달려들어 잡아먹고

말았다. 그리고 길바닥에는 새끼사슴의 가죽과 뼈만 나뒹굴었다.

새끼사슴은 죽을 때까지 개들이 왜 자기를 잡아먹는지 알지 못하였다.

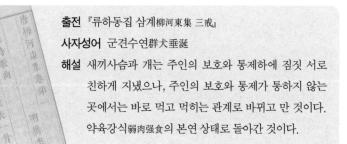

출전 『류하동집 삼계柳河東集 三戒』

사자성어 군견수연群犬垂涎

해설 새끼사슴과 개는 주인의 보호와 통제하에 짐짓 서로 친하게 지냈으나, 주인의 보호와 통제가 통하지 않는 곳에서는 바로 먹고 먹히는 관계로 바뀌고 만 것이다. 약육강식弱肉强食의 본연 상태로 돌아간 것이다.

나귀와 호랑이의 대결

귀주貴州 지방에는 당나귀가 없는지라 어느 호사가가 배에 싣고 들여왔다. 그러나 쓸모가 별로 없어서 그대로 산중에 풀어 놓았다.

호랑이가 처음으로 이 짐승을 보고 덩치가 엄청 큰지라 신神인 줄 알았다. 숲 속에서 조심스레 살펴보다가 조금 앞으로 나가보고, 좀 더 가까이 다가가 보았지만 도무지 어떤 물건인지 알 수가 없었다.

며칠 뒤 당나귀가 우는 소리를 듣고 호랑이는 깜짝 놀라 자기를 잡아먹으려는 줄 알고 무서워 멀리 도망치기까지 하였다.

그런데 오며 가며 살펴보니 별 재주도 없는 것 같고, 또 그 울음소리에도 차차 익숙해졌는지라 앞으로 뒤로 좀 더 가까이 다가가 보았지만 바로 덮치지는 못하였다. 그 뒤로 앞뒤로 좀 더 가까이 다가가 슬쩍슬쩍 건드려 보고 맞부딪쳐도 보았다.

그러자 당나귀가 화가 나서 뒷발로 호랑이를 걷어찼다. 호랑이는 당나귀 재주가 별것 아니구나 싶어 얼씨구 하며 속으로 좋아하였다.

그리고 어흥! 한 소리 지르며 그대로 달려들어 당나귀 목을 한 입에 물어 부러뜨리고 고기까지 다 먹어치우고 자리를 떴다.

어허! 당나귀란 놈, 처음엔 덩치가 크고 우는 소리도 우렁차서 한 재주 있는 줄 알았더라네.

당나귀가 애당초 그 알량한 재주 드러내지 않았더라면 호랑이가 비록 사나운 짐승이긴 하지만 무서워 선뜻 달려들지 못하였으리라. 마침내 이런 꼴이 되고 말았으니 슬픈지고!

출전 『류하동집柳河東集』

사자성어 방지산하放之山下

해설 호랑이가 자기보다 덩치가 큰 낯선 짐승을 보고, 처음에는 조심스러워하다가 마침내 한 입으로 물어 죽이고 그 고기까지 먹어치우는 과정이 생동감 넘치는 필치로 묘사되어 있다. 작가의 섬세한 관찰력과 문장력이 아울러 돋보인다.

돈 꾸러미 허리에 차고 물에 빠져 죽은 사람

영주 사람들은 모두 수영을 잘한다. 어느 날 갑자기 강물이 불어 주민 대여섯 명이 배로 강을 건너는데 강 가운데서 배가 뒤집혔다. 사람들은 모두 헤엄쳐 뭍으로 올랐는데 그 가운데 한 사람이 자꾸 뒤쳐졌다. 일행 가운데 누군가가 좀 이상한 생각이 들어

"자네는 우리들 가운데 수영을 제일 잘하는 터에 어쩐 일로 자꾸 뒤처지는 건가?"

하고 물었다. 그 사람은

"지금 허리에 엽전을 천냥千兩이나 차고 있어 무거워서 그러네."

하고 헐떡이며 말하였다.

"어찌 그것을 풀어버리지 못하는가?"

하고 안타까워하였으나 그 사람은 그저 고개를 저을 뿐이었다.

사태가 위급한지라 강을 다 건넌 사람들이 강가에 서
서 한 목소리로

"당신 참으로 어리석소. 몸이 죽게 생겼는데 그따위
돈 몇 푼이 무슨 소용이오!"
하고 외쳤으나 그 사람은 그저 고개만 가로졌다가 돈꾸
러미를 허리에 찬 채 마침내 물에 빠져 죽고 말았다.

출전 『류하동집 애익문柳河東集 哀溺文』
사자성어 오요천전吾腰千錢
해설 목숨보다 소중한 것이 이 세상에 없다. 그런데 엽전 꾸
러미를 허리에 차고 그것이 무거워 물에 빠져 죽은 사
람도 있으니, 참으로 알 수 없는 일이다.

5천근의 큰 종을 옮기는 일

제나라에 원로 중신 두 사람이 있었다. 여러 임금을 모신 나라의 기둥 같은 인물이다.

그 가운데 한 사람은 육경六卿의 우두머리로 벼슬이 아상亞相에 이르렀고, 나라의 큰일은 모두 그의 결재를 거쳤다.

어느 날 임금이 도읍지를 옮기는 일을 신하들에게 맡겼다.

나라에서 보물로 여기는 종이 하나 있었는데, 무게가 5천 근이나 되어서 그 종을 움직이려면 사람이 5백여 명이나 동원되어야 하였다.

당시 제나라는 인구가 적어서 일시에 그만한 인력을 동원할 수 없는 형편이었다. 일을 맡은 사람이 좋은 생각이 떠오르지 않아 궁리하다가 아상에게 결재를 청하였다.

아상은 한참을 생각하다가 나직한 목소리로 천천히

"허허, 이런 정도의 일에 어찌 나에게 좋은 생각이 없겠느냐?"

하고 당장 결단을 내렸다

"종이 무거워 사람이 5백 명이나 있어야 움직일 수 있다는데, 종을 5백 개로 등분하면 한 사람이 5백 일 옮기면 되지 않겠느냐!"

라고 일러 주었다.

　담당자는 막혔던 생각이 뚫려 홍겹게 그 일을 마칠 수 있었다.

출전 『애자잡설艾子雜說』

사자성어 숙유대로宿儒大老

해설 물은 흐르다가 막히면 돌아간다. 막힌 일도 천천히 궁리하면 좋은 생각이 떠오를 수 있다. 그런데 5백 개로 등분한 종을 어떻게 5천 근의 종으로 복원할 수 있었는지 그것이 궁금하다.

종이 도둑을 잡다

진술고가 포성현의 지사로 있을 때 도난사건이 발생하여 혐의자 여럿이 잡혀 왔다.

진술고는 어느 사당 안에 종을 하나 걸어두고 물건을 훔친 사람이 그 종을 만지면 종이 소리를 낸다고 속임수를 썼다.

진술고는 관원들을 이끌고 종 앞에서 경건한 태도로 제사까지 지내고 종 둘레에 휘장까지 쳤다. 그리고 사

람들 몰래 종에 먹칠을 해 두었다.

　제사를 마치고 나서 붙들려 온 혐의자들을 한 명씩 휘장 안으로 들여보내 종을 만지고 나오도록 하였다.

　종을 만지고 나온 사람 손바닥에는 저마다 검게 먹물이 묻어 있었는데, 그중 한 사람의 손에는 아무것도 묻어있지 않았다.

　그는 자기가 범인인데 종을 만지면 종이 소리를 낼까 봐 겁이 나서 그 종을 만지지 못하였던 것이다.

출전 『몽계필담 권지夢溪筆談 權智』

사자성어 심리분석心理分析

해설 '도둑이 제발 저린다'는 속담이 있다. 판관은 범죄자의 심리를 역이용하여 도둑을 잡은 것이다.

호랑이도 무서워하지 않는 아이들

　어떤 부인이 낮에 두 아이를 백사장에 남겨두고 개울로 빨래를 하러 갔다. 그때 호랑이가 어슬렁 어슬렁 산에서 내려왔다. 부인은 놀라 물속으로 몸을 피하였는데, 두 아이는 여전히 백사장에서 놀고 있었다.

　호랑이가 가까이 다가와 한참을 쳐다보다가 머리로 두 아이를 툭툭 건드려 보기도 하였으나 두 아이는 천

진난만하여 무서워할 줄도 몰랐다. 그러자 호랑이도 별 수 없다는 듯 고개를 돌려 떠나버렸다.

호랑이가 사람을 보면 먼저 겁을 주어 사람이 놀라면 달려들어 해치는데 자기를 전혀 무서워할 줄 모르는 아이들에 대하여는 어찌할 바를 몰랐다.

출전 『동파전집 맹덕전東坡全集 孟德傳』
사자성어 위무소시威無所施
해설 무서워하지 않는 사람에게는 세상의 그 어떤 폭력도 위해를 가할 수 없다.

세 노인의 나이 자랑

세 노인이 모인 자리에서 누군가가 그들의 나이를 물었다. 한 노인이

"나는 내 나이를 기억할 수 없오이다. 다만 어렸을 때 반고盤古와 어울려 놀던 생각이 나네요."

라고 말하였다.

다른 한 노인은

"바다가 육지 되고, 육지가 바다 될 때마다 산가지 하나씩 놓았는데, 그 후로 산가지가 벌써 열 칸의 창고에 가득 찰 만큼의 세월이 지났네요."

라고 말하였다.

그러자 다른 한 노인이

"나는 반도蟠桃를 먹고 나서 그 씨를 곤륜산 아래에 버리곤 하였는데, 내가 버린 반도의 씨가 쌓이고 쌓여 지금은 곤륜산의 높이만큼 되었오이다."

라고 말하였다.

그런데 내가 보기에 이 세 분의 연륜도 더 큰 잣대로
재면 하루살이의 삶과 다름이 없네요.

출전 『동파지림東坡志林』

사자성어 상전벽해桑田碧海

해설 '가장 많은 것'은 그보다 하나 많은 것보다 하나 모자란
다. 세 노인의 나이 자랑도 뒤에 말한 사람이 앞 노인보
다 하나만 많게 내세워도 결국 그 노인의 나이가 하나만
큼 많은 셈이다. 하나보다 둘이 많고, 둘보다 셋이 많고
끝없는 자랑이 이어질 것이니 정답은 있을 수 없다. '아
득히 먼 옛날'이나 '아득히 먼 뒷날'은 지금 당장 그 시
점을 확정할 수 없다.

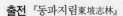

햇님은 쟁반인가 촛불인가

날 때부터 앞을 보지 못하는 사람이 햇님이 어떻게 생겼느냐고 누구에게 물었다.

그 사람은

"햇님은 쟁반 같다네."

라고 말하면서, 쟁반을 두들겨 그 소리를 들려주었다.

그리하여 그 사람은 종소리를 들으면 그것이 햇님일 것이라고 여겼다.

또 누군가는 그에게 햇빛은 촛불과 같다고 말하고, 초를 만져 그 모양을 짐작토록 하였다.

뒷날 그는 피리를 만지면서 그것이 햇님일 것이라고 여겼다.

햇님은 종이나 피리와는 애당초 거리가 먼 것이지만 장님은 그것이 다르다는 것을 알지 못한다.

자기가 직접 본 것이 아니고 남을 통하여 알게 된 것
이기 때문이다.

출전 『동파전집東坡全集』

사자성어 부지기이不知其異

해설 대상 사물의 실질을 파악하기 위하여는 관념적인 판
단보다는 직접적인 관찰과 체험이 함께 필요하다.

꼴값하는 복어: 하돈河豚

강에 사는 물고기 가운데 복어란 놈이 있는데, '돼지 돈豚' 자가 그 이름에 붙어 있다.

다리 사이를 헤엄쳐 다니다가 기둥에 부딪쳤다.

자기가 멀리 나온 줄은 모르고 다리 기둥이 자기를 쳤다고 노여워서 턱을 쫘악 벌리고 양쪽 지느러미를 곤두세우고 잔뜩 배를 부풀리고 물 위에 떠서 오래도록 움직이지 않았다.

마침 솔개가 그 위를 맴돌다가 낚아채고 배를 갈라 먹어치웠다.

헤엄치기를 좋아하여 멎을 줄을 모르다가 다른 것에
부딪쳤는데 자기 탓인 줄은 모르고 분해하다가 마침내
배를 찢겨 죽었으니, 참으로 슬픈 일이로다.!

출전 『소식문집蘇軾文集』
사자성어 부지죄기不知罪己
해설 소식이 유종원柳宗元의 글 〈삼계三戒〉를 읽고 느낀 바 있어 엮은 이야기
　　　이다.

소라와 조개의 대화

바닷가의 모래톱에서 소라와 조개가 만났다. 조개가 소라에게 말하였다.

"너는 봉황처럼 멋이 있고 아롱진 구름처럼 고상하여, 비록 겉모양은 거칠고 천박하게 보여도 사람들이 너의 덕행을 우러를만한 거지."

소라가 말하였다.

"맞아, 그런데 어찌 하느님은 진주보석을 나에게는 주시지 않고 너에게만 주셨지?"

조개가 말하였다.

"하느님이 나에게 꽉 찬 속을 주시면서 멋진 겉모습은 안 주시고, 나의 입을 열고 나의 마음을 보시려는 거지. 너는 겉은 매우 아름답지만 속은 어떤가? 머리에서 발끝까지 그저 울퉁불퉁 한 덩어리일 뿐이지!"

소라는 부끄러워 얼굴을 가리고 물속으로 숨어 버렸다.

출전 『소식문집蘇軾文集』
사자성어 천불수아天不授我
해설 겉모양은 우람하고 화려하지만 조개처럼 속에 진주보석을 지니지 못한 것을 소라는 부끄러워 한 것이다.

못난이들의 다툼

복숭아나무 부적이 얼굴을 번쩍 치켜들면서 꼭두각시를 보고

"너는 짚으로 엮은 꼭두각시 주제에 건방지게 내 머리 위에 버티고 있다니, 이게 말이 되느냐?"
하며 따지고 들었다.

꼭두각시도 지지 않고 고개를 아래로 내리 숙이며 해댔다.

"시절이 여름이고, 너는 몸이 반이나 땅에 박혀 있어 비만 오면 며칠도 더 살지 못하고 물에 휩쓸려 내려갈 주제에 뭘 높고 낮고를 따지고 들어?"

그러자 복숭아나무 부적이 지지 않고 서로 욕설을 해대며 싸웠다.

그러자 문신門神이 그들의 싸움을 말리며

"우리들이 다 못나서 남의 집 대문에 의지하고 사는 주제에 누가 잘나고, 누가 못난지를 따지고 있어?"

출전 『동파지림東坡志林』
사자성어 오배불초吾輩不肖
해설 못난 것들이 서로 잘났다고 싸움질이니, 그 꼴이 더욱 볼 만하다.

자라와의 약속

옛날 어떤 사람이 자라 한 마리를 잡았는데 삶아 먹으려 하면서 살아있는 것을 잡아먹었다는 말은 듣기 싫은지라, 펄펄 물이 끓는 가마솥 위에 가느다란 대로 다리를 걸쳐놓고 자라에게

"여기를 건너가면 살려 주겠다."

라고 약속을 하였다.

자라는 그것이 주인의 계책임을 빤히 알았지만 애써 한 번은 기어올라 가까스로 건넜다.

그러자 주인은

"다리를 건널 줄 아는구나. 잘했어! 어디 한 번 더 건
너보렴. 좋은 구경거리가 되겠구나."
라고 말하였다.

출전 『정사程史』

사자성어 이계취지以計取之

해설 자라를 삶아 먹을 생각을 하면서도 제 손으로 자라를 끓는 물에 던져 넣
지 않고, 자라가 가느다란 대나무 다리를 건너가다 빠지게 하여 스스로
살생을 하였다는 마음의 가책을 면해보려 한 주인의 정직하지 못한 속
셈이 드러나 있다. 주인이 약속 한대로 자라가 끓는 물 위에 걸쳐 놓은
가느다란 대나무 다리를 요행히 건넜다 하더라도 주인이 자라를 살려
보낼 이는 애당초 없는 일이다.

까마귀의 호소

    당나라 때 사람 온장溫璋이 경조윤京兆尹으로 있을 때 법을 어긴 사람을 엄하게 다루어 모두들 두려워하였다.

    어느 날 동헌의 방울이 울려 사람을 시켜 나가 살펴보라 하였으나 아무도 없었다.

    똑같은 방울소리가 세 번이나 들려 자세히 살펴보니 거기에 까마귀가 있었다.

    온장은 이것이 새끼를 잃은 어미가 억울함을 호소하

기 위하여 그랬을 것으로 짐작하고 사람을 시켜 까마귀의 뒤를 따라가 보도록 하였다.

교외의 숲 속에 이르니 까마귀 새끼를 훔친 사람이 아직도 거기에 있었는지라 관원이 그를 잡아 관청으로 압송하고, 판관은 날짐승이 관청까지 찾아와 억울함을 호소한 것을 이상히 여기고 조사한 끝에 법을 어겨 새를 잡은 사람을 처형하고 까마귀의 억울함을 풀어 주었다.

출전 『북몽쇄언北夢瑣言』

사자성어 사이우상事異于常

해설 합당한 절차를 거쳐 제정된 법을 엄하게 집행하는 것은 모두를 위하여 바람직한 일이다. 그러나 법을 집행함에 있어 법리에만 매여 인정에 어긋날 정도로 가혹해서도 안된다. 까마귀의 억울함을 살펴 풀어 준 것은 인수상감人獸相感의 미담으로 기억될만 하다.

그림자를 보고 질투한 부부

　　남편과 아내 두 사람이 아내 몰래 남편 몰래 술 항아리에서 술을 뜨다가 항아리 속에 여자 그림자, 남자 그림자가 있는 것을 보고 서로 상대방이 항아리 속에 연인을 숨겨 둔 것으로 알고 죽도록 치고 받으며 싸웠다.

　　지나가던 도사가 술 항아리를 깨부수고 술이 다 흘러버린 후에야 두 사람이 서로의 그림자를 보고 투기를 부렸음을 알고 부끄러워하며 화해하였다.

출전 『법원주림法苑珠林』
사자성어 호견인영互見人影
해설 다정한 부부간에도 질투심은 사소한 일로 큰 싸움을 벌이는 빌미가 된다.

모두 제 자리에 있어야

눈썹, 눈, 입, 코 이 네 가지는 모두 나름대로의 신령
스러움을 지니고 있다.

어느 날 입이 불쑥 코에게

"네가 뭐 하는 일이 있다고 내 위에 떡 자리 잡고 있느
냐?"

하고 쏘아붙였다. 그러자 코가

"나는 냄새를 가릴 줄 알아 그 덕으로 네가 뭘 먹을 수
있는 거야. 내가 너 위에 자리 잡는 것은 당연하지!"

라고 되려 큰소리를 쳤다.

코가 눈을 보고

"네가 뭐 잘났다고 내 위에 버티고 있는 거야?"

라고 따지고 드니까, 눈이

"나는 곱고 밉고를 가릴 수 있고, 동쪽 서쪽을 바라볼
수 있어 그 공이 크니 네 위에 있는 것이 당연하지!"

라고 맞받았다. 코는 또

　"그렇다면 눈썹은 뭐 잘났다고 내 위에 있는 거지?"

하고 따졌다.

　눈썹은

　"나도 그대들과 다툴 생각은 없으나, 내가 만일 눈이

나 코 아래에 자리 잡게 되면 그 꼴이 무엇이겠는가?"

라고 되물었다.

출전 『취옹담록醉翁談錄』

사자성어 기공불소其功不少

해설 모든 것이 제 자리에서 제 할 일을 제대로 해야 세
상이 편하고 살기도 좋다. 눈썹, 눈, 입, 코의 위치가
뒤죽박죽 흩어져 있으면 그 꼴이 얼마나 우스울까?

피부병의 다섯가지 덕성

진대경陳大卿이 피부병을 앓고 있는데 그의 상관이
재미있어하며 웃었다.

그러자 진대경은 정색을 하고

"웃지 마세요. 이 질환은 5가지 덕이 있는데 그 위상
이 다른 병들보다 상위에 있습니다."

라고 말하였다.

상관이

"그 다섯 가지 덕이란 어떤 것들이오?"

하고 물었다.

그가

"말씀드리기가 좀 거북스럽습니다." 하자 상관은

"괜찮으니 어서 말해 보시오."

하고 오히려 답을 재촉하였다.

진대경은

"사람의 얼굴로 번지지 않으니 인仁이며, 남에게 잘 전염되니 의義이며, 항상 사람으로 하여금 손을 뻗어 긁게 하니 예禮이며, 관절 마디 사이를 골라 숨어 살아가니 지智이며, 때를 맞춰 가려우니 신信이옵니다."
라고 말씀드렸다.

그러자 상관은 뱃살을 거머쥐고 웃었다.

출전 『사림광기事林廣記』

사자성어 하위오덕何謂五德

해설 인, 의, 예, 지, 신은 유학자들이 내세우는 도덕규범으로 사람들의 일상생활을 통하여 실천이 요구되는 추상적 행동준칙이다. 그런데 여기서는 사람 몸에 생기는 피부병과 결부시켜 그 양상을 설명하고 있어 자못 해학적이다.

元明
원 명

5

●평화공존

모기가
젖먹이 아이의 피를 빤다

엄마가 모기향을 피운다
모기가 공중을 맴돌며 떨어진다

엄마는 누워있는 아이 위에
모기장을 씌운다

모기가 모기장 위에서
아이를 노린다

엄마가
아이를 살리고
모기를 살린다 (2013년 10월 3일)

양보할 수 없는 진실

초나라 사람 가운데 생강을 모르는 사람이 있었다.
생강을 모르면서도 그 사람은

"생강은 나무에서 자라는 거야!"

라고 고집을 부렸다.

그런데 누군가가

"아니야, 생강은 땅에서 자란다고!"

라고 말하였다. 이들은 자기가 타고 다니는 당나귀를
걸고 열 사람에게 진실을 물어보기로 하였다.

그리고 열 사람을 붙들고 하나하나 물었는데, 열 사
람 모두

"생강은 땅에서 자라는 거지요."

라고 답하였다.

내기에서 져서 당나귀를 빼앗겼으면서도 그 사람은
승복을 하지 않고

"그래, 당나귀는 당신에게 드리겠오만, 생강은 나무에서 자라는 거지요."
하고 고집을 꺾지 않더란다.

출전 『설도소설雪濤小說』
사자성어 종수상결從樹上結
해설 분명하게 진실을 알지 못하면 남의 말에 귀를 기울일 줄도 알아야 하는
데, 진실이 판명되었는데도 여전히 자기의 틀린 생각을 버리지 못한다
면 결국 남들의 웃음거리밖에 되지 못한다.

억지 도학자

　도학자가 되고 싶은 사람이 있었다. 길을 가면서도 한껏 점잖을 부리고 걸음걸이도 법도에 어긋남이 없었다.

　이렇게 도학자 흉내를 내며 한참을 걷다 보니 몹시 피곤한지라 종복을 불러 뒤에 따라오는 사람이 있나 없나를 살피게 한 다음, 종복이 "뒤에 따라오는 사람이 없어요." 하자, 이내 긴장을 풀고 예전처럼 편하게 걸었다.

출전 『권자잡저權子雜著』
사자성어 솔이이취率意以趣
해설 남의 눈치를 살피면서 도학자 행세를 하는 사람은 그 마음부터가 가짜다.

여름날 털모자 쓰고 가는 사나이

무더운 여름날 털모자를 쓰고 헉헉거리며 길을 가던
사람이 큰 나무 그늘 아래에서 한숨을 돌렸다.

그는 털모자를 벗어 부채를 부치면서

"이 모자가 없었다면 이 더운 날 쪄 죽을뻔했네."

하더란다.

출전 『소찬笑贊』
사자성어 전모당선氈帽當扇
해설 한여름 더운 낮에 털모자 쓰고 나선 철부지나 할 넋두리다.

외과와 내과

비장 하나가 싸움터에 나갔다가 화살을 맞고 돌아왔
는데 화살이 살 속 깊이 박혔다.

의사를 청하여 치료를 받았는데, 그 의사는 잘 드는
가위로 밖으로 드러난 화살을 싹둑 자르고 나서 치료비
를 청구하였다.

비장은

"화살이 여전히 살 속에 박혀 있는데, 빨리 처치를 해

주셔야지요."

하자, 의사는

　"이는 내과와 관련된 사항인데, 어찌 저에게 책임을

물으시나요?"

하더란다.

출전 『설도소설 임사雪濤小說 任事』
사자성어 비장진회裨將陣回
해설 현대의학은 사람의 병을 치료함에 있어 분야를 지나치 게 세분하여 주
　　치의의 권능을 오히려 약화시키는 면이 있다.

용 그림에 눈동자 찍기

양나라 무제는 절에 그림 장식하기를 좋아하였다.

그리고 이름난 화가 승요僧繇로 하여금 사원의 그림을 그리도록 하였다.

승요가 금릉의 안락사安樂寺에 백룡 네 마리를 그렸는데, 눈알을 그려 넣지 않았다.

그리고 사람들에게 늘

"눈알을 그려 넣으면 용이 바로 날아가 버린다."
고 말하였다.

　사람들은 그것을 허황한 이야기로 여기고 눈을 그려 넣어 달라고 간청하였다. 그리하여 승요가 용의 눈을 그려 넣자마자, 용 두 마리가 천둥번개를 치며 구름을 타고 하늘로 올라가고, 눈을 그려 넣지 않은 두 마리 용은 지금도 남아 있다.

5
元원
明명

출전 『역대명화기歷代名畫記』
사자성어 화룡점정畫龍點睛
해설 예술작품의 생명력은 투철한 작가정신과 고도의 예술기교가 배합되어
　　　이루어진다.

용과 개구리의 감정 표현 비교

　용왕이 해변에서 개구리를 만났다. 서로 인사를 나눈 다음 개구리가 용왕에게 물었다.

　"왕께서 사시는 곳은 어떻게 생겼나요?"

　용왕은

　"진주 궁전에 조개 대궐, 화려하고 정교하지."

라고 대답하고, 이어 개구리에게 물었다.

"자네 사는 곳은 어떤가?"

개구리는

"녹음방초에 맑은 물 흐르고 바위가 곱지요."

개구리는 다시 용왕에게 물었다.

"왕께서 기쁠 때나 노여우실 때에는 어찌하시나요?"

용은

"내가 기쁠 때에는 때맞춰 촉촉이 비를 내려 오곡을 풍년들게 하지만, 노여울 때에는 우선 폭풍을 몰아치고, 이어 천둥을 치고 번개까지 내리쳐 천리에 성한 풀 한 포기도 남기지 않지!"

라고 대답하였다.

용왕도 개구리에게

"그대는 기쁘거나 노여울 때 어찌 행동하나?"

라고 물었다.

개구리는

"제가 기쁠 때에는 맑은 바람 밝은 달밤에 청량한 목
소리로 한 곡 뽑지요. 그리고 노여울 때에는 먼저 눈알
을 부라리고, 이어 배를 뻥 터질 때까지 부풀리지요."
라고 대답하였다.

출전 『애자잡설艾子雜說』

사자성어 청풍명월淸風明月

해설 우선 용과 개구리는 덩치에서 크게 차이가 난다. 그리
고 그들의 감정 표출 면에서의 규모도 크게 차이가 난
다. 동물이나 식물의 감정 표현의 양상이 저마다 다르
지만, 과학자들의 정밀한 관찰과 통계처리를 거치지 않
은 것은 상당 부분 사람들의 주관적인 판단이고 환상적
인 표현에 지나지 않는다.

웃고만 있을 수도 없는 일

제나라에 건망증이 심한 사람이 있었다.

걷기 시작하면 멎을 줄을 모르고, 누우면 일어날 줄을 몰랐다.

그의 아내는 걱정이 되어서

"애자라는 사람이 잘 웃고 해학적이며 지혜로워서 보통사람들은 잘못 고치는 병도 곧잘 고친다 하니 한번 만나 보세요."

라고 권하였다.

남편은

"좋지!"

하더니, 바로 말을 타고 화살을 지니고 애자를 찾아 나섰다.

삼십 리도 못 가서 뱃속이 불편해지자 곧 말에서 내려 대변을 보았다.

그는 화살을 땅에 꽂고 말은 나무에 메워 두었다. 변을 다 보고 나서 그는 왼쪽을 둘러 땅에 꽂힌 화살을 보고

"어이쿠 위험하네. 이 화살이 어디서 날아왔는지 모르겠으나 까딱 잘못 했으면 내가 맞을 뻔했지 않아!"
그는 또 바른쪽을 둘러보다가 말을 발견하고는 고삐를 잡고 끌고 가다가 조금 전에 자기가 싼 똥을 밟자

"에그, 개똥을 밟았구나. 내 신발이 더러워졌네. 쯧쯧…"
하더니, 말머리를 돌려 오던 길로 되돌아갔다.

곧 자기 집에 당도하자 문 밖에서 한참을 서성이더니
"누구 집일까? 혹 애자가 사는 집 아닐까?"
하고 머뭇거렸다.

아내는 그가 또 건망증 증세가 도진 것을 알고 딱한

표정을 지으며

"어찌 이렇게 일찍 돌아오시나요?"

하고 물었다.

남편은 그의 아내를 보고

"왠 여자가 남의 남자를 보고 함부로 말을 하는 거요!"

하더란다.

출전 『애자후어艾子後語』

사자성어 행즉망지行則忘止

해설 건망증이나 치매 증상은 가족이나 국가사회 전반에 부담을 많이 준다. 이의 치유를 위하여 주변의 따뜻한 배려와 국가적인 지원이 절실하다.

이백李白을 감동시킨 할머니

이백이 소년 시절 서당에서 공부할 때 과정이 아직
끝나지도 않았는데 중도에 그만두고 집으로 돌아가다
가 길에서 큰 쇠몽둥이를 갈고 있는 할머니를 만났다.

"무엇에 쓰려고 그러십니까?"

하고 물으니,

할머니가

"바늘을 만들려고 그런다네."

하고 대답하였다.

　그 말을 듣고 이백은 느낀 바가 있어 오던 길을 되돌아가 하던 공부를 끝마쳤다.

출전 『일기고사日記故事』

사자성어 철저마침鐵杵磨針

해설 목표를 세우고 추진해오던 일을 중도에 그만두면 그
동안 쏟아부었던 시간과 정성이 헛일이 되고 만다.
하던 일은 끝을 내야 한다.

저능 수험생의 고민

한 수험생이 시험 날짜가 가까워 오자 밤낮으로 걱정을 떨쳐버릴 수가 없었다.

이를 지켜보던 그의 아내가

"당신이 시험 보는 것이 그처럼 어려운 것을 보니, 마치 제가 아이를 낳는 것 같네요."

하고 위로하였다.

그러자 남편은

"당신이 아이를 낳는 것은 쉽지요."

라고 응수하였다.

아내는

"그것을 어떻게 아십니까?"

하고 물었다.

남편은

"당신은 뱃속에 아이가 있기나 하지요. 내 머릿속에

는 아무것도 들은 게 없다고요!"

라고 한숨을 짓더란다.

출전 『소부笑府』

사자성어 생자용이生子容易

해설 머릿속에 아무것도 들은 것이 없는 수험생이 임신
중인 아내를 부러워하는 심정이 차라리 솔직하고
귀엽게까지 느껴진다.

정성의 차이

왕단王丹이 친구가 세상을 떠나 빈소에 문상을 갔다. 고을의 유지 진준陳遵도 문상을 왔는데 많은 액수의 부의금을 내면서 거만한 기색을 보였다.

왕단은 비단 한 필을 영전에 바치면서

"이것은 내가 손수 짠 것이네."

하며 애통해하였다.

진준은 크게 부끄러워하며 슬그머니 그 자리를 빠져나갔다.

출전 『숙저자 외편菽苴子 外篇』
사자성어 대참이퇴大慙而退
해설 남에게 베푸는 호의는 금전이나 물자의 많고 적음으로 따질 수 있는 것이 아니고, 그 속에 담긴 정분의 진실됨 여부로 가늠된다.

조화의 세계

진나라 평공이 금琴을 만들었는데, 큰 현이나 작은 현이 똑같았다.

임금이 사광師曠으로 하여금 조율케 하였는데, 종일토록 소리를 제대로 잡지 못하였다.

임금이 이상히 여기자, 사광이

"금이란 굵은 현이 임금이오. 가는 현이 신하로서, 굵고 가는 것이 하는 일이 달라 합쳐서 소리를 이루는데 서로 엉켜들지 아니하고 음과 양이 조화를 이루어 소리를 이루도록 되어 있습니다. 그런데 임금님께서는

각각의 차이를 모두 같게 만들어버렸으니, 그 법통을
잃은 것입니다. 제가 어떻게 조율해 낼 수 있겠습니
까?"
라고 아뢰었다.

출전 『울리자鬱離子』
사자성어 대소이능大小異能
해설 현악기의 줄 굵기가 달라 소리의 높낮이가 다르고
그 가운데 음양의 조화가 이루어지게 되어 있는데
그 질서가 무너지면 소리를 이루어낼 수 없다.

친아버지 확인 과정

안휘성 사람들은 사업경영을 위하여 외지로 많이 나
갔다. 어떤 선비의 아버지가 젊었을 때 장사하기 위하
여 섬서, 감숙 일대를 돌면서 30여 년 만에 집으로 돌아
왔다.

그 사이 집에는 아버지의 초상화 한 폭이 걸려 있었
을 뿐이었다.

외지에 나간 아버지가 돌아왔으나 아들은 그 사람이
아버지로 믿어지지가 않아 힐끔힐끔 그사이 집에 걸어
두었던 초상화와 견주어 보았으나 조금도 닮은 데가 없
었다.

그는 그 사람을 아버지로 받아들이려 하지 않았다.
그리고 연신 초상화와 눈앞에 있는 사람을 견주어 보면
서

"우리 아버지의 초상화는 살이 찌고 얼굴이 하얀데,

지금 당신은 깡마르고 얼굴빛이 검고, 우리 아버지의 초상화는 수염이 적은데 지금 당신은 수염이 많은데다 머리도 온통 백발입니다. 심지어 모자, 의복, 신발 등 하나도 같은 것이 없어요!"

그의 어머니도 한 번 나와 보더니

"어! 정말 너무도 달라요."

하며 놀라워하였다.

이윽고 그의 아버지와 어머니가 이것저것 옛날 일을 더듬어 올라가고, 초상화를 그린 사람 이름과 초상화를 그린 과정을 이야기하자, 그의 어머니도 금세 목소리가 부드러워지면서

"내 남편이 맞아요."

라고 말하였다. 이에 아들도 앞으로 나아가 큰절을 올리고 비로소 아버지로 인정하였다.

남편과 아버지는 이 세상에서 누구보다도 가까운 사이인데도 초상화 때문에 아내나 아들조차 의심을 하게 된 것이다.

저들 책 권 꽤나 읽었다는 사람도 옛날 경전이나 역사서를 제왕이나 성현의 초상화처럼 모시고 전적으로 경전이나 역사서의 기재 내용에 얽매여 성현들의 사상의 실질을 망각하니, 이는 바로 초상화 모습에 얽매여 눈앞에 있는 진짜 아버지를 받아들이려 하지 않는 것과 같다.

출전 『현혁편 비유록賢弈編 譬喩錄』

사자성어 흡현다고歙縣多賈

해설 30여 년 동안 자기 아버지의 초상화만 보고 자란 아이가 30여 년 만에 눈앞에 나타난 사람을 바로 자기 아버지로 인정하기가 정말 어려웠을 것이다.

호랑이 골을 파 먹은 원숭이

노猱라는 짐승이 있는데 작은 몸집에 나무를 잘 타고 발톱이 날카롭다. 호랑이가 머리가 가려우면 노를 시켜 머리를 긁도록 하였다. 쉬지 않고 긁어대면 머리에 구멍이 나는데 호랑이는 아주 편안해 하고 즐거워하며 아픈 줄도 몰랐다.

노는 서서히 호랑이의 골을 파먹고 나머지를 박박 긁어 호랑이에게 바쳤다.

"제가 우연히 비린 것을 좀 얻었는데 마음대로 할 수

없어 어르신께 바치는 것입니다."

라고 너스레를 떨었다.

호랑이는

"너야말로 충성스럽구나. 나를 위하여 자기 먹을 것
도 잊다니!"

하면서, 그것이 자기 골인 줄도 모르고 씹어 먹었다.

한참 만에 호랑이의 골이 텅 비게 되자 통증이 심해
지고 노를 찾았으나 노는 벌써 높은 나뭇가지 위로 달
아난 뒤이고, 호랑이는 그때야 통증이 심해져서 펄펄
뛰다가 '어흥!' 외마디 비명 한 번 지르고 죽었다.

출전 『현혁편 경유賢奕編 警喩』
사자성어 대후내사大疹乃死
해설 세상에는 호랑이 뇌를 파먹는 노 같은 소인배들이 많다. 그들은 자기 배
를 채우기 위하여 신의나 책임감 같은 것은 쉽게 저버린다.

호랑이 같은 고양이

명망가 집에서 고양이 한 마리를 기르는데 그 댁에서는 대단한 놈이라는 생각이 들어 사람들에게

"'범 같은 놈'이라는 뜻에서 '호묘虎猫'라는 이름을 붙여 자랑하였다."

그러자 누군가가

"호랑이가 용맹스럽기는 하나 용의 신령스러움만 못하니, 아예 '용묘龍猫'라 하시지요."

라고 말하였다.

그러자 또 다른 사람이

"용이 호랑이보다 신령스럽기는 하나 하늘에 오르자면 구름이 있어야지요. 그러니 구름이 용보다 고상한 것 아닌가요? 차라리 '구름'이라 하시지요."

라고 말하였다.

그러자 또 누군가가

"구름이 하늘을 가렸을 때 바람이 불어 그것을 흩어 버리니 구름이 바람만 못합니다. '바람' 이라 하시지요."

라고 말하였다.

또 다른 사람이

"큰 바람이 불어도 담장이 있어 이를 막으니 바람이 어찌 담장만 하겠어요! 그러니 '장묘牆猫' 라 하는 것이 낫지 않겠어요?"

라고 말하였다.

그러자 또 다른 사람이

"담장이 단단하긴 하나 쥐한테는 뚫리지요. 담장이 어찌 쥐만 하겠습니까? 그러니 '쥐 고양이 서묘鼠猫' 라 하는 편이 좋겠네요."

라고 의견을 내었다. 마을 영감이 그 소리를 듣자 웃으

면서

"허허, 쥐를 잡는 것이 고양이지요. 고양이이면 고양이이지, 어쩌자고 자꾸 딴 이름을 붙이려 합니까?"

하더란다.

출전 『현혁편 응해록賢奕編 應諧錄』

사자성어 묘즉묘이猫卽猫耳

해설 고양이의 이름을 두고 여러 사람이 활발하게 자기 논리를 펴는 과정이 즐겁다.

대추를 통째 삼키다

어떤 사람이

"배는 이빨에는 좋지만 비장에는 손상을 주고, 대추는 비장에는 보탬이 되지만 이빨을 상하게 한다."

고 말하였다.

머리가 좀 아둔한 젊은이가 이 말을 듣더니 한참을 생각에 잠겨 있다가

"나는 배를 먹을 때에는 씹기는 하되 삼키지를 않으니, 나의 비장을 해치지 못할 것이오, 내가 대추를 먹을 때에는 그냥 삼키고 씹지 않으니, 나의 이빨을 해치지 않을 것이오."

라고 말하였다.

그러자 가까운 친구가

"자네야말로 대추를 통째 삼킬 사람이네!"

라고 농담을 걸어 한바탕 웃음판이 벌어졌다.

출전 『잠연정어湛然靜語』

사자성어 탄이부작吞而不嚼

해설 '탄이부작'은 스스로 잘난 체하는 사람을 비꼬는 말인
데, 뜻이 점차 남의 말을 대충 들어 넘기는 사람을 비꼬
는 말로 확대 인식되었다.

매미와 구관조

구관조는 남방에 사는 새이다.

사람들이 잡아다가 오래 발성훈련을 시키면 사람 말도 흉내를 내는데 몇 마디에 지나지 않는다.

매미가 뜰에서 우는데, 새가 듣고 비웃었다.

매미는 구관조에게

"자네가 사람의 말을 할 수 있다는데, 참 대단한 재주일세. 그러나 자네가 내는 소리는 소리일 뿐 말은 아니지 않는가? 어찌 내가 나의 생각을 소리 내어 우는 것

같겠는가?”

하고 비꼬았다.

　이 말을 듣자 새는 부끄러워서 고개를 숙이고, 그 뒤로는 평생 사람들의 말을 뜻도 모르고 흉내 내는 일은 하지 않았다.

출전 『숙저자叔苴子』

사자성어 능효인언能效人言

해설 구관조가 훈련과정을 거쳐 사람의 목소리를 흉내 낼 수 있다 하더라도 그것은 단지 사람의 목소리를 흉내 내는 것에 지나지 않는다. 목소리를 흉내 내는 것은 말을 하는 것이 아니다. 앵무새가 사람 말을 흉내 내지만 그것은 앵무새의 생각을 담은 앵무새의 말이 아니다.

살을 째고 구슬을 숨기다

바다 가운데 보물산이 있는데 각가지 보물이 무더기로 쌓여 있어 그 광채가 눈이 부실 정도였다.

고기잡이가 그곳을 지나다가 커다란 구슬 하나를 얻었다.

배에 싣고 돌아오는데 풍랑이 거칠게 일고 무서운 교룡蛟龍이 나타났다.

뱃사공이 고기잡이를 보고

"용이 구슬을 탐내고 있으니, 어서 그 구슬을 바다에 던져버리세요. 그렇지 않으면 우리들 모두가 죽게 됩니다."

라고 외쳤다.

고기잡이는 구슬을 버리자니 아깝고, 안 버리자니 형세가 급해지는지라 칼로 허벅지 살을 째고 그 속에 구슬을 숨겼다.

이윽고 바다도 잔잔해졌다.

집에 돌아와 구슬을 꺼냈는데 그 사이 살이 다 문드
러지고 썩어 고기잡이는 죽고 말았다.

출전 『용문자응도기龍門子凝道記』

사자성어 해파수평海波邃平

해설 바닷길에서 우연히 얻은 구슬은 원래 자기 것이 아니
니, 그것을 다시 바다에 던져버렸더라면 목숨은 건졌
을 텐데 구슬을 탐내다가 구슬 잃고 목숨까지 함께 잃
었으니 결국 탐욕이 사람을 망친 꼴이 되고 말았다.

기러기는 역시 구워 먹어야

하늘을 나는 기러기를 보고 어떤 사람이 활을 쏘려고 시위를 당기면서

"잡으면 삶아 먹어야지…"

하고, 혼잣말로 중얼거렸다.

옆에서 형이 중얼거리는 소리를 들은 아우는 항변하는 투로

"아니지요. 거위는 삶아 먹으면 좋지만, 기러기는 역시 구워 먹어야 제맛이지요!"

라고 말하였다.

형과 아우가 서로 먹는 방법을 두고 다투다가 결정을 내지 못하고 마침내 토지신을 찾아가 평결을 청하였다.

토지신은 두 형제에게 기러기를 둘로 나누어 반은 삶아 먹고, 반은 구워 먹는 것이 좋겠다고 말하였다.

형제 두 사람은 그 의견에 동의하고 다시 고개를 들어 기러기를 찾아 나섰으나 기러기는 이미 하늘 가 저 멀리로 날아간 뒤였다.

출전 『응해록應諧錄』
사자성어 형제쟁안兄弟爭雁
해설 구체적인 성과도 얻기 전에 자기 몫부터 챙기려는 사람들의 성급함을 타이르려는 뜻이 담겨 있다. 우리나라 속담에도 "떡도 보기 전에 김칫국부터 마신다."는 말이 있다.

골동수집에 가산을 탕진한 사람

진秦나라 때 어떤 선비가 옛것을 무척 좋아하여 값이 아무리 비싸도 반드시 이를 사들였다.

어느 날 누군가가 다 낡은 돗자리 하나를 들고 와

"옛날 노魯나라 애공哀公 때 공자님이 앉으셨던 멍석입니다."

하고 떠벌였다.

선비는 그의 말을 믿고 성 밖의 토지와 맞바꾸었다.

얼마 지나자, 또 어떤 사람이 낡은 지팡이 하나를 들고 와서 사라고 권하면서

"이는 옛날 주周 문왕의 할아버지께서 피난 갈 때 짚으셨던 것으로 공자가 깔고 앉았던 돗자리보다 몇백 년이나 더 오래된 것입니다. 얼마를 주시렵니까?"

하고 기회를 놓치지 말고 사라고 권하였다.

선비는 재산을 통틀어 그것을 사들였다.

그 뒤 또 어떤 사람이 낡은 사발 하나를 들고 와

"돗자리나 지팡이는 오래된 것이라 할 수도 없습니다. 이 사발은 걸桀 임금 때 만든 것입니다. 상商나라는 주周나라보다 훨씬 전에 있었던 조대입니다.!"
라고 말하였다.

선비는 자기가 살고 있던 집을 몽땅 비워주고 낡은 사발 하나를 얻었다.

세 가지 골동을 손에 넣느라고 가산을 탕진한 선비는 집도 절도 없이 거리에 나앉는 신세가 되고 말았다. 그러나 여전히 옛것을 아끼는 마음이 지극하여 그 세 가지 골동을 버릴 수가 없었다. 이에 선비는 낡은 돗자리를 둘러쓰고, 주 문왕의 할아버지가 짚고 다녔다는 지팡이를 짚고, 걸 임금 때 만들었다는 낡은 사발을 손에 들고 거리로 나서서

"마음씨 착한 나으리님들 살려 주세요. 옛날 엽전 한 푼 주세요!"

하며 구걸하는 신세가 되었다.

출전 『사림광기事林廣記』

사자성어 혹호고물酷好古物

해설 옛것을 아끼고 사랑하며 소중히 지켜나가는 것은 의식 있는 문화인이라면 당연히 지녀나가야 할 생활태도요, 좋은 취미이다. 그러나 무절제하게 가산을 탕진하면서까지 고가물을 사들이고, 급기야 거지 신세가 되어 거리에서 구걸행각을 벌이는 지경까지 되는 것은 바람직한 일이 못 된다.

항아리 물로 쥐를 잡다

쥐는 밤에 곡식을 훔쳐 먹고 가구를 갉아놓는다.

월나라 사람이 곡식을 항아리에 담아놓고 쥐들이 마음대로 쓸어먹도록 내버려두었다.

쥐들은 그것이 주인의 계략인 줄도 모르고 신바람이 나서 무리들을 불러들여 실컷 먹은 다음에 돌아갔다.

다음날 주인은 항아리에 곡식 대신 물을 채워 넣고 물 위에 살짝 겨를 덮어 놓았다.

쥐들은 그런 줄도 모르고 밤이 되자, 다시 서로 불러들여 차례차례 항아리 속으로 빠져들어 다 죽고 말았다.

출전 『연서燕書』

사자성어 역속이수易粟以水

해설 쥐의 습성을 이용하여 쥐를 잡은 이야기이다. 전장에서 적을 유인하여 섬멸할 때에도 같은 책략이 유효하다.

호랑이 잡아먹는 박말駁

여우 때문에 골머리를 앓는 한 농부가 있었다. 여러 가지로 궁리를 하였으나 잡을 수가 없었다.

그런데 누군가가 한 가지 방도를 일러 주었다.

"호랑이는 백수의 왕으로 짐승들이 그를 보면 꼼짝 못하고 그 앞에 엎드립니다."

이 말을 듣고 그 사람은 호랑이 탈을 만들어 뒤집어 쓰고 문 밖으로 나섰다.

여우가 집으로 들어오려다 맞닥뜨리자 기겁을 하며 달아났다.

어느 날 멧돼지가 밭을 엉망으로 만들어 놓았는지라, 자기 아들로 하여금 호랑이 모양을 하고 창을 들고 멧 돼지가 다니는 길목을 지키게 하였다.

그리고 농부가 돼지 소리를 내자 풀섶에서 돼지가 나타났다가 호랑이 모양을 보고 냅다 도망치는 것을 함정에 빠뜨려 잡았다.

　농부는 크게 즐거워하며 호랑이 탈만 있으면 모든 짐
승을 굴복시킬 수 있을 것으로 생각하였다. 그런데 들
녘에 말 모양의 짐승이 있는지라 호랑이 탈을 쓰고 쫓
아 나갔다.

　누군가가

"그건 호랑이 잡아먹는 박말駁이야! 호랑이는 당해낼
수 없어, 가지마!"
하고 말렸는데 듣지 않고 앞으로 나섰다.

　박말은 우레 같은 소리를 지르며 달려들어 찢어발기
고 먹어 치웠다.

출전 『울리자欝離子』
사자성어 산수지웅山獸之雄
해설 '기는 놈 위에 나는 놈 있다.'는 속담이 있다. 자기
가 지니고 있는 어설픈 힘을 믿고 함부로 나섰다가
는 크게 낭패를 겪는 경우가 많다. 겸손과 양보는
하나의 보신책일 수도 있다.

호랑이와 도사

대나무 숲이 우거진 산골 계곡에 도사 한 분이 사당을 짓고 수도생활을 하고 있었다.

그곳에 큰물이 져서 집채가 떠내려가고 사람들도 떠내려가며 살려 달라 소리쳤다.

물가에 나와 그 광경을 본 도사는 사람들을 불러 모아 물가로 나가 구호활동을 벌였다.

나무 기둥에 새끼줄을 묶어 물 가운데 던져주고 거기에 사람이 매달리면 다 같이 힘을 모아 물가로 끌어내어 많은 사람을 살려냈다.

날이 새자 파도 속에 큰 짐승 한 마리가 휩쓸려 내려오는데 이쪽 저쪽 두리번거리며 사람들을 보고 살려달라고 애원하는 것 같았다.

도사는

"저것도 살아있는 목숨인데 어서 살려내야 한다."

고 사람들을 독려하여 나무 기둥을 던져 주고 배를 저어 그곳까지 나가 살려놓고 보니 호랑이었다.

　가까스로 목숨을 건진 호랑이는 물가로 올라와 처음에는 멍한 상태로 있더니 이내 앉은 자리에서 젖은 몸을 혀로 핥다가 눈을 크게 부릅뜨고 도사를 노려보고 '어홍!' 하고 달려들었다.

사람들이 달려들어 도사를 살려내었으나 도사는 크게 상처를 입었다.

출전 『울리자鬱離子』

사자성어 호호구구呼號求救

해설 자기를 낳아주고 길러주신 부모님의 은혜는 이 세상 그 무엇보다도 크다. 이는 혈연관계여서 그 사이에 아무도 끼어들 수 없다. 부모의 은혜 다음으로 큰 것이 위급한 상황에서 자기를 살려준 은혜이다. 사람이라면 누구나 생명의 은혜를 오래도록 잊지 못한다. 그런데 호랑이는 자기를 살려준 도사를 잡아먹으려 하였으니 그야말로 배은망덕한 짐승이다.

고양이 쥐생각

늙은 쥐 한 마리가 고양이를 피하여 병 속으로 들어 갔다. 고양이가 이를 잡지 못하고 수염으로 간질이자 쥐가 재채기를 하였다.

고양이가 밖에서

"만세!"

하고 환호하자, 쥐가

"네가 진정으로 나의 장수를 바라는 것이냐? 나를 살 살 밖으로 꾀어내어 잡아먹을 생각이면서!"

라고 응수하였다.

출전 『아학雅謔』

사자성어 포지부득捕之不得

해설 고양이와 쥐는 서로 먹고 먹히는 사이여서 둘 사이의 우정관계는 성립 되지 않는다. 고양이의 속셈을 꿰뚫어 본 쥐의 판단은 기본적으로 옳다. 적과 대치하고 있는 상황에서 적의 꾀임 수에 넘어가서는 안 된다는 경 고의 뜻을 담은 우언이다.

사슴 쫓다 죽은 호랑이

호랑이에게 쫓긴 사슴이 낭떠러지에서 뛰어내려 목숨을 잃었다.

사슴을 뒤쫓던 호랑이도 낭떠러지에서 뛰어내려 목숨을 잃었다.

출전 『울리자欝離子』

사자성어 구추이사俱墜以死

해설 호랑이에게 쫓긴 사슴은 목숨을 걸고 낭떠러지에서 뛰어내렸을 것이지만, 사슴을 쫓던 호랑이는 그 사슴이 아니고도 잡아먹을 수 있는 다른 짐승들이 있었을 터인데, 왜 그 사슴만을 쫓아 낭떠러지에서 떨어져 죽었을까? 일종의 실족사失足死다.

元 원
明 명

불탑 위에 방울을 다는 까닭은?

영구 지방의 한 선비가 성품이 영민하지 못하여 남에게 부질없이 이것저것 따지기를 좋아하고 이치에 맞지도 않는 말들을 늘어놓곤 하였다.

그는 어느 날 애자艾子를 찾아가 물었다.

"큰 수레의 아래쪽과 낙타의 목에 방울이 매여 있는데, 이는 무엇 때문인가요?"

애자는

"수레와 낙타는 덩치가 큰 교통도구인데 밤에 좁은 길에서 맞닥뜨리면 서로 피하기가 어려워 방울소리로 미리 알려 피하기 편하도록 하기 위함이지!"

라고 풀이해 주었다.

영구는

"불탑 꼭대기에도 커다란 방울이 달려 있는데 그럼 불탑도 밤에 나다니면서 서로 길을 피해야 하는 일이 생기나요?"

하고, 따지고 들었다.

애자는

"자네는 어찌 세상 물정을 그리도 모르는가? 까치들은 보통 높은 곳에 둥지를 틀고 사는데, 그들의 배설물이 땅바닥을 더럽히니 불탑 위에 방울을 달아 그들을 쫓으려는 것이지, 어찌 그것을 수레나 낙타의 경우와 견주려 하는가?"

하고 설명해 주었다.

그러자 영구는

"사냥꾼들이 매와 솔개의 꼬리에도 작은 방울을 답니다. 그게 어찌 그들의 꼬리에 집을 짓기 때문인가요?"

애자는 큰소리로 웃으면서

"자네는 어찌 그리도 세상 물정에 어두운가? 매와 솔개가 작은 짐승을 잡아 숲 속으로 날아들 때 나뭇가지에나 걸리면 주인이 그들의 발에 매달은 방울소리를 듣고 찾기 편하도록 하기 위함이라네. 그것을 어찌 그들의 꼬리에 집을 짓는 것을 막기 위함이라 하겠는가?"

영구는

"전에 상여를 매고 가는 사람이 앞에서 요령을 흔들면서 길을 인도하는 것을 보았는데, 당시에는 그게 무슨 이치인지 몰랐으나 지금은 가다가 나뭇가지에 걸릴까 봐 또 딴 사람이 쉽게 찾을 수 있도록 하기 위함이라는 것도 알게 되었어요. 그런데 요령을 흔드는 사람의 다리 위에 맨 띠가 가죽으로 된 것인지, 비단실로 엮은 것인지 아직도 알지 못하겠어요."

라고 연달아 난제를 물고 늘어졌다.

애자는 버럭 화가 치밀어

"요령을 흔드는 사람은 망자가 가는 길을 인도하는
사람이라네. 망자가 생전에 남들과 이야기를 나눌 때
따지기를 좋아하던 터라 요령을 흔들어 망자로 하여금
즐거움을 느낄 수 있도록 하기 위함이라네."
라고 답을 해 주었다.

출전 『애자잡설艾子雜說』

사자성어 성불통혜性不通慧

해설 세상 이치를 잘 모르면 끝까지 따지고 물어 깨달아야
한다. 다만 따지고 묻는 것만을 능사로 삼는다면, 결국
얻어지는 것이 아무것도 없게 될 것이다.

도깨비를 본 두 사람

　잔칫집에 갔다가 밤늦게 집에 돌아오는데 큰 비가 내려 우산을 받쳤다.

　길가 집 처마 끝에 비를 맞고 서 있는 사람이 있어 우산을 함께 받고 길을 걷기 시작하였다.

　한참을 함께 걸었는데, 그 사람도 말을 하지 않아 도깨비일지도 모르겠다는 생각이 들어 슬쩍 발을 걸어 보았는데 발이 걸리지 않았다.

　부쩍 무서운 생각이 들어 다리를 건너다가 그를 힘껏 다리 아래로 밀치고 냅다 뛰었다.

　이때 마을 사람 가운데 부지런한 이가 일찍 일어나 죽을 쑤고 있었는지라, 그 사람은 대문을 밀치고 뛰어들면서 길에서 도깨비를 만났노라고 외쳤다.

　그런데 얼마 뒤에 또 한 사람이 비에 흠뻑 젖어 발을 절면서 큰소리로 길에서 도깨비를 만났노라고 떠벌였다.

두 사람은 한참 서로 마주 보더니 계면쩍은 표정으로 웃음을 터뜨리고 말았다.

출전 『고금담개古今譚概』

사자성어 불각대소不覺大笑

해설 밤길을 혼자 가는 사람에게는 누구에게나 약간의 두려움이 있게 마련이다. 그리고 두려움은 환상으로 번지고, 급기야 함께 길을 가던 사람을 도깨비로 착각하기도 한다.

정숙한 아내

쉬이팡의 아내 류씨는 유난스럽게도 스스로의 정숙함을 드러내고자 하였다.

이팡이 1년 남짓 외지에 나가 있다가 어느 날 불쑥 집으로 돌아왔다.

이팡은 아내에게

"그동안 혼자 지내느라고 적적하였을 텐데, 더러 이웃이나 친척들과 내왕은 하였는지요?"

하고 물었다.

류씨는

"당신께서 떠나신 뒤로 문 걸어 잠그고 토방조차 나서보지 않았더랍니다."

라고 말하였다.

이팡은 못내 감동을 받았다.

그래서

"그럼 무엇으로 소일하셨나요?"

하고 물었다.

　류씨는

　"이따금 시나 읊조리면서 마음을 달랬지요."

라고 대답하였다.

月夜招隣僧閑話

이광은 흔연한 표정으로

"어디 그동안 지으신 시나 좀 보여주겠오?"

하고 청하였다.

아내 류씨가 건네준 시집의 첫 권 첫머리 작품의 제목은 〈달밤에 이웃 마을 절의 스님을 모셔다가 한담을 나누다〉(月夜招隣僧閑話)였다.

출전 『둔재한람遯齋閑覽』

사자성어 폐호자수閉戶自守

해설 사람의 행실은 그의 일상생활을 통하여 드러난다. 스스로 달밤에 이웃 마을 스님을 집으로 불러들여 한담을 나누었다 하였으니, 이광의 아내 류씨도 그리 정숙했던 것 같지는 않다.

세상에 보기 드문 보물

공지교工之僑가 좋은 오동나무 재목을 얻어 켜서 금을 만들고 현을 매여 연주하니 금인 듯 옥인 듯 아름다운 소리가 났다.

훌륭한 악기라고 생각하고, 이를 태상太常에게 바쳤다.

궁중의 악공에게 보였더니

"옛것이 아니옵니다."

해서 돌려주고 말았다.

공지교는 이를 가지고 돌아와 칠공漆工과 짜고 예스럽게 무늬를 만들어 넣고, 또 전각공篆刻工과 짜고 옛 글자를 새겨 넣고, 갑에다 담아 땅 속에 묻었다.

그리고 한 해 뒤에 꺼내 시장에 내다 팔았다.

귀인이 지나다 보고 백금을 주고 사서 조정에 헌납하였다. 궁중의 악공들이 돌려가며 보더니

"참으로 세상에 보기 드문 보물이옵니다."

하더란다.

백발백중은 과욕?

　초나라 왕이 사냥을 나가 몰이꾼들을 시켜 새나 짐승을 쫓게 하고 활로 쏘아 잡았다.

　풀 섶에서 새가 푸드득 날아 오르고, 이쪽에서 사슴이 튀어 나오고 저쪽에서 노루가 달려 나왔다.

　왕이 활시위를 당겨 쏘으려는 참에 또 큰 새가 깃발을 스치며 날아오르는데 그 날개가 구름을 드리운 듯하였다.

왕은 화살을 시위에 재워놓기는 하였으나 어느 것을 쏘아야 할지 몰랐다.

그때 초나라의 으뜸 궁수가 왕 곁으로 다가와

"제가 백 보 밖에 버드나무 잎 하나를 걸고 열 번 쏘아 열 번 다 맞춥니다. 그러나 나뭇잎 열 개를 내걸면 그 열 개를 반드시 다 맞출 수 있다고 장담할 수 없습니다."

라고 아뢰었다.

출전 『울리자蔚離子』

사자성어 백발백중百發百中

해설 활의 명수가 과녁을 하나씩 하나씩 여유 있게 겨냥하여 쏘면 백 번 쏘아 백 번 다 맞출 수도 있다. 그러나 한꺼번에 백 개의 과녁을 내걸고 서둘러 연달아 쏘아댄다면 내걸린 과녁을 다 맞출 수 있다고 장담하기는 어렵다.

술을 좋아하는 고릴라

고릴라는 특히 술을 좋아하는 짐승이다.

산기슭 사람이 술 항아리를 마련하고, 크고 작은 술 잔도 고루 갖추어 놓았다. 풀로 짚신을 엮어 서로 묶어서 길가에 놓아두었다.

고릴라는 그런 것들을 보고 그것이 자기들을 유인하기 위한 것임을 알고, 또 그것을 마련한 사람의 이름과 그의 부모 조상까지도 알고 있어 하나하나 이름을 부르며 욕설까지 퍼부었다.

그러다가 친구들에게

"어찌 조금 마셔보지 않겠나?"

권하면서도 절대로 많이 마시지는 말아야 한다고 타일렀다.

고릴라들은 처음에는 작은 잔으로 마시더니 욕설을 내지르며 동댕이쳐 버리고, 이어 좀 더 큰 것으로 마시

다가 또 욕설을 내뱉으며 내팽개치고 되풀이 서너 차례
하더니 마침내 큰 사발로 마셔대며 취하는 줄도 모를
지경이 되었다.

취하자 그들은 저희들끼리 히히덕거리다가 짚신을
끌어다 신었다.

마을 사람들이 쫓아오자 서로 엉켜 하나도 빠져나가
지 못하였다.

그 뒤로 온 놈들도 다 그 꼴이 되었다.

출전 『현혁편 경유賢奕編 警喩』

사자성어 소대구열小大具列

해설 고릴라는 지혜로운 짐승이어서 유혹에 잘 넘어가지 않지만 끝내 죽음을
면치 못하니 술 욕심 때문이다. 사람도 재물과 권세를 탐하다가 치욕을
겪는 경우가 많다.

활터 과녁 도움으로 싸움에 이긴 장수

한 장수가 싸움터에 나가 적과 마주하였는데 형세부리 하여 패전의 위기에 몰렸다.

이때 문득 신병神兵의 도움으로 싸움에 크게 이겼다. 장수가 고마워하며 신병을 거느린 우두머리의 이름을 물었다.

신병 우두머리는

"저는 활터에 있는 과녁입니다."

라고 자기 신분을 밝혔다.

장수가

"제가 무슨 공덕이 있었길래, 저를 이렇게 도우셨나
요?"

하고 물었다.

그러자 과녁은

"평소에 장수께서 활터에서 활을 쏘실 때 저를 한 발
도 맞추지 못하시더라고요!"

라고 대답하였다.

5
元원
明명

출전 『광소부廣笑府』

사자성어 신병조진神兵助陣

해설 능력없는 자가 장수가 되어 군졸을 이끌고 싸움터
에 나왔으니 그 자체가 위험한 일이다. 당시의 사
회 기강이 얼마나 문란했었는지 짐작이 간다.

꿈 속에서 만난 사람

어려서부터 책을 너무 많이 읽어 오히려 바보스럽게 된 사람이 있었다.

어느 날 아침 일찍 일어나 부엌 심부름하는 아이를 붙들고

"너 어젯밤 꿈에 나를 보지 않았느냐?"

하고 물었다.

그 아이가

"아아니…"

하고 대답하자, 그 사람은 버럭 역정을 부리면서

"내가 어젯밤 꿈에 분명히 너를 보았는데, 너는 어찌 거짓말을 하느냐?"

하면서 그 아이를 자기 어머니에게까지 끌고 가서

"매를 좀 때려주세요. 제가 어젯밤 꿈에 저 아이를 분명히 보았는데, 쟤는 어젯밤 꿈에 저를 보지 않았다

하네요. 어찌 이럴 수가 있어요?"

하고 투정을 부렸다.

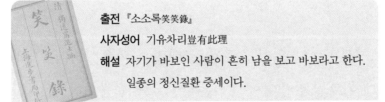

출전 『소소록笑笑錄』

사자성어 기유차리豈有此理

해설 자기가 바보인 사람이 흔히 남을 보고 바보라고 한다.
일종의 정신질환 증세이다.

선비 집에 불이 났네

선비 집에 불이 났다.

불을 끄려는데 사다리가 없어 아들을 시켜 이웃집에
가서 빌려 오도록 하였다.

아버지의 말씀에 따라 아들은 의관衣冠을 갖추어 입
고 양반걸음으로 천천히 걸어 이웃집으로 사다리를 빌
리러 갔다.

이웃집 주인어른을 만나자 세 번 읍揖을 하고 마루에
올라 말없이 서쪽으로 기둥을 등지고 앉았다. 주인은
손님을 접대하기 위하여 주안상을 차려 내오도록 하였
다.

주인과 손님 사이에 몇 차례 술잔이 오간 다음, 주인
은

"선비께서 멀리 누추한 곳까지 찾아오셨는데, 저에
게 이르실 말씀이 무엇이온지 감히 여쭙습니다."

라고 말을 꺼냈다.

선비는

"하늘이 우리 집에 화를 내리시어 바야흐로 집이 활활 타오르고 있나이다. 지붕에 올라 물을 뿌려 보고자 하나 양쪽 팔에 날개를 달 수가 없어 부질없이 바라보며 소리만 지르고 있나이다. 듣잡건대, 귀댁에 사다리가 있다 하니 혹 빌려주실 수 있사온지?"

이 소리를 듣고 주인은 발을 구르며

"선비께서는 어찌 그리 우둔하시오? 산중에서 밥을 먹다가도 호랑이를 만나면 먹던 밥도 토해내고 달아나고, 강가에서 멱을 감다가도 악어를 만나면 신발 벗어 던지고 달아나는 법이거늘, 집에 불이 붙어 타고 있는데 그게 어디 인사나 갖추고 있을 때요?"

라며 안타까워하였다.

서둘러 사다리를 메고 달려갔지만 집은 이미 다 타버린 뒤였다.

출전 『연서燕書』

사자성어 반산봉표飯山逢彪

해설 비상사태가 발생하면 긴급하게 그에 대처해 나가야 한다. 평상시대로 예의범절 갖추고 한가하게 인사치레 나눌 겨를이 어디 있겠는가?

솜씨의 차이일 뿐

북송 때의 벼슬아치 진요자陳堯咨는 활을 잘 쏘아 당대에 그를 따를 자가 없었고 그도 이를 자랑으로 삼았다.

어느 날 뒤뜰에서 활을 쏘고 있는데 지나가던 기름 장수 영감이 짐을 내려놓고 한참을 서서 바라보았다.

진요자가 열 발을 쏘아 여덟아홉 발을 맞추는데도 그저 고개를 끄덕이며 빙긋이 웃을 뿐이었다.

진요자는

"그대도 활을 쏠 줄 아는가, 내 솜씨가 어떤가?"

하고 물었다.

그러자 기름 장수 영감이

"별것 아니지요. 그저 손에 익은 것일 뿐이지요."

라고 대답하였다.

진요자는

"그대가 나의 활 솜씨를 경멸하는가!"

하면서 발끈하였다.

기름 장수 영감은

"저는 제가 하는 기름 따르는 일을 통해서 느끼는 것

일 뿐이지요."

하더니, 갈대 한 토막을 잘라 땅 위에 세우고 동전으로

그 윗구멍을 막고 표주박으로 기름을 떠서 동전 구멍을 통하여 아래로 붓는데 동전 구멍에 기름이 전혀 묻지 않았다.

기름 장수 영감은

"제 솜씨도 별것 아니랍니다. 그저 손에 익었을 뿐이지요."

라고 말하였다. 진요자도 빙그레 웃으면서 그를 놓아 보냈다.

출전 『귀전록歸田錄』

사자성어 십중팔구十中八九

해설 끊임없이 연습하고 단련하면 기량이 남이 쉽게 따라올 수 없을 만큼 향상된다. 활 솜씨나 기름 따르는 솜씨도 마찬가지이다.

"그 점은 배우기 어렵나이다"

어떤 사람이 자기 아들에게 일렀다.

"너는 모든 언동을 스승님 하시는 대로 따라서 해야 한다."

아들은 아버지의 분부대로 스승을 모시고 식사를 하면서 스승님이 잡수시면 저도 따라서 먹고, 스승님이 마시면 저도 따라서 마시고, 스승님이 몸을 굽히시면 저도 따라서 몸을 굽혔다.

스승님이 슬며시 그 모양을 훔쳐 보시다가 웃음이 나서 젓가락을 놓고 '풋' 하고 음식을 내뱉었다.

아이는 그대로 따라 할 수가 없어서 고개를 조아리고 절을 하면서

"스승님의 그러한 묘한 모습은 도저히 따라 배우기가 어렵나이다."

하더란다.

출전 『광소부廣笑府』

사자성어 불능강위不能强爲

해설 학생 입장에서 스승의 일상 언동거지를 그대로 따라 배우기는 어려운 일이다. 스승을 따라 배운다는 것은 스승님의 말씀을 새겨듣고 그 참뜻을 실천하는 것이다.

새도 아닌 것이 짐승도 아닌 것이

봉황새의 생신잔치 하객 가운데 박쥐의 모습이 안보였다. 봉황이

"너는 아랫 것인 주제에 어찌 그리 오만한고?"

하고 책망하였다. 이에 박쥐는

"저는 발이 있어 짐승류에 속하는 터에 새들의 생일잔치에 하객 노릇 할 까닭이 없지요!"

하고 응대하였다.

기린의 생일잔치에도 박쥐는 나타나지 않았다. 기린이 또한 책망하자, 박쥐는

"나는 날개를 지니고 있어 날짐승에 속합니다. 들짐승 생일잔치에 끼어들 이유가 없지요!"

라고 응수하였다.

기린과 봉황이 서로 만난 자리에서 박쥐 이야기가 나왔다. 기린과 봉황은

"세상이 각박해지다 보니 요따위 새도 아니고 짐승도 아닌 것들이 날뛰고 있으니 정말 말세네요."
하며 한숨을 내쉬었다.

출전 『소부笑府』

사자성어 불금불수不禽不獸

해설 시대사회가 혼란해지면 이리저리 제 본모습을 숨기고 비리 또는 악행을 일삼는 이른바 양서류 같은 부류의 인간들이 횡행한다. 가려 살펴야 한다.

상처투성이의 먹이다툼

몸은 하나인데, 머리가 아홉인 새가 있었다.

먹이가 생기면 아홉 개의 머리가 서로 제가 먼저 차지하려고 피투성이가 되어 싸워 제대로 입에 넣지도 못하고 상처만 남았다.

갈매기가 그 광경을 보고 웃으며

"입 아홉 개가 따로따로 차지하는 먹이가 결국 뱃속
으로 다 들어오도록 되어 있는데 무엇을 그리 다투나?"
하더란다.

출전 『울리자郁離子』

사자성어 일신구두一身九頭

해설 결과는 하나인데, 그 결과를 도출하기까지의 과정
이 사람마다 서로 다를 수 있다. 복잡한 진행과정을
가장 효율적으로 통제 관리할 수 있는 능력을 지닌
사람이 진정한 지도자이다.

사람이 되고 싶었던 원숭이

원숭이가 죽어서 염라대왕 앞에 나아가 사람이 되게
해달라고 청원하였다.

그러자 염라대왕이

"사람이 되려면 네 몸에 난 털을 다 뽑아야 하느니
라."

말하고, 야차夜叉를 불러 원숭이 몸에 있는 털을 뽑게
하였다.

가까스로 몸의 털 하나를 뽑았는데, 원숭이는 아프다

고 난리법석을 떨었다.

　염라대왕은 웃으면서

　"네가 몸의 털 한 오라기도 뽑지 않고 어떻게 사람이 되겠다 하느냐?"

라고 말하였다.

출전 『명소림明笑林』

사자성어 일모불발一毛不拔

해설 누구나 소망을 이루려면 그에 상응하는 노력을 해야 하고 고통을 참아
　　　내야 한다. 죽어서 털 한 오라기도 뽑지 않고 사람이 되고자 한 원숭이
　　　의 소망이 그리 쉽게 이루어질 리가 없다.

문제를 쉽게 푸는 방법

어떤 사람이 긴 장대를 세로로 들고 성문을 지나려다 걸려서 빠져나갈 수가 없었다.

이번에는 가로로 고쳐 들고 들어가려다 역시 걸려서 통과할 수 없었다.

마침 어떤 노인이 옆에서 이 광경을 보고 있더니 자못 안타깝다는 듯…

"내가 성인은 아니지만, 세상일을 좀 알고 있소. 톱으로 가운데를 반으로 잘라서 들고 들어가면 될 것 아니오!"

하고 아는 체를 하였다.

출전 『소림笑林』

사자성어 지간입성持竿入城

해설 다른 사람을 어리석다 하면서, 자기가 오히려 더 어리석은 짓을 하는 사람이 이 세상에는 뜻밖에도 많다.

경망스런 초학자

하남성 어느 고을에 큰 부자가 있었다.

집안이 여러 대를 거쳐 교육을 제대로 받아 본 일이 없어 '하늘 천' '땅 지'도 읽을 줄 몰랐다.

이것이 한이 된 부자는 아들을 가르치기 위하여 초나라에서 훈장 한 분을 모셔 왔다.

초나라에서 온 훈장은 부잣집 아들에게 우선 붓 잡는 법과 먹 갈아 글씨 쓰는 법부터 가르치기 시작하였다.

획 하나 긋고 "한 일"이요, 획 둘 긋고 "둘 이"요, 획 셋을 긋고 "석 삼"이오 하고 글자 뜻을 풀어 주었다.

그러자 부잣집 아들이 갑자기 무엇인가를 깨달은 듯 붓을 내동댕이치고 자기 아버지에게 달려가

"아빠 아빠, 나 글공부 다 했어요. 이제 훈장님도 필요 없어요. 비싼 돈 주고 밥 주고 재워주기까지 할 것 없어요. 이제 그만 돌려보내세요."

라고 말하였다.

　그의 아버지도 아들의 말에 따르기로 하고 그동안의
수업료를 챙겨 훈장에게 드리며 그를 내보냈다.

　얼마 후 그의 아버지는 사돈인 '만萬' 씨를 식사에 초
대하기로 하고 아들에게 아침 일찍 일어나 초청장을 작
성하도록 하였다.

　한참이 지나도록 초청장을 작성하는 일이 끝나지 않

으므로 이상히 여겨 그의 아버지가 아들 공부방을 찾아
가 보았다.

　그런데 그의 아들이 씩씩거리면서

　"세상에 성씨도 많은데 하필이면 '만萬' 씨가 뭐람!
아침부터 지금까지 겨우 5백 획 밖에 긋지 못했네."
하더란다.

출전 『응해록應諧錄』
사자성어 가자은성家資殷盛
해설 뭐 좀 배웠다고 세상일 다 아는 것처럼 행세하는 것도 배움이 모자란 사
　람들이나 취하는 경망한 태도라 할 것이다.

줅어죽은 원숭이 사육사

초나라에 원숭이 사육을 생업으로 삼은 사람이 있었
는데, 사람들은 그를 '원숭이 아저씨' 라 불렀다.

그는 매일 날이 새면 원숭들을 마당에 모아놓고 조를
나누어 늙은 원숭이를 우두머리로 삼아 산에 가서 나무
열매를 구해와서 그 가운데 10퍼센트를 자기에게 바치
도록 하였다.

그리고 혹 그의 말에 따르지 않으면 매질까지 하였다.

원숭이들이 모두 괴로워하였으나 감히 그의 뜻을 거역할 수가 없었다.

어느 날 어린 원숭이가 여러 원숭이를 향하여

"산의 나무는 아저씨가 심은 건가요?"

하고 물었다.

"아니야, 자연으로 자란 거야."

"아저씨가 아니면 열매를 딸 수 없는 건가요?"

"아니야, 누구나 딸 수 있는 거야."

"그렇다면 우리는 왜 그를 위하여 힘들게 일을 해야 하나요?"

말이 끝나기도 전에 원숭이들은 모두 이치를 깨닫게 되었다.

그날 저녁, 원숭이들은 아저씨가 잠든 틈을 타서 울타리를 부수고 그동안 자기들이 따서 모아 둔 열매를

가지고 함께 숲 속으로 들어가 다시는 돌아오지 않았
다.

　원숭이 아저씨는 마침내 굶어 죽고 말았다.

출전 『울리자鬱離子』
사자성어 개득이취皆得而取
해설 통치자의 수탈 행위와 피해 계층의 집단 반발을 우
　　언의 형식을 빌어 고발한 내용이다.

공작의 지극한 꼬리 사랑

　공작의 수컷 꼬리는 금색 비취색으로 찬란하여 솜씨 좋은 화가가 물감으로 그려 낼 수 없을 정도로 아름답다.

　공작은 본성이 투기가 심하여 집에서 오래 길렀는데도 집안 아이들이 화려한 옷을 입은 것을 보면 반드시 찾아가 쪼아댄다.

　잠을 잘 때에는 먼저 좋은 자리를 골라 정성스럽게

꼬리를 모셔놓은 다음 자리에 눕는다.

비가 내려 꼬리가 젖으면 사람들이 자기를 잡으러 가까이 와도 꼬리를 다칠까 봐 날지도 않는다.

출전 『권자잡저權子雜著』

사자성어 모미금취毛尾金翠

해설 공작의 수컷 꼬리는 눈이 부시도록 곱다. 공작 스스로도 자기의 꼬리를 목숨처럼 아낀다. 공작이 그토록 자기의 꼬리를 아끼는 덕으로 사람들은 그 아름다운 자태를 감상할 수 있다.

가짜와 가짜

연못에 고기를 키우는 사람이 있었다.

날마다 새들이 날아와 물고기를 잡아먹는지라 주인은 고심 끝에 도롱이 걸치고 삿갓 쓰고 지팡이까지 든 허수아비를 만들어 연못 가운데 세웠다.

새들이 처음에는 맴돌기만 하고 쉽게 내려오지 않다가 점차 익숙해지자 내려와 물고기를 쪼아 먹었다.

주인은 새들의 이러한 행태를 유심히 살펴보고 있다가 몰래 허수아비를 빼내고 스스로 도롱이를 걸치고 삿갓 쓰고 지팡이 짚고 연못 가운데 서 있었다.

경계심이 풀린 새들은 그대로 내려와 앉았다.

사람이 손을 뻗어 새의 다리를 움켜잡자 새들은 빠져나가지 못하고 퍼드득거리며 "까악까악" 소리를 질러댔다.

주인은

"그래, 앞의 것은 가짜지만 지금 것도 가짜란 말이
냐!"

하며 잡은 새를 망태기에 담았다.

출전 『권자잡저權子雜著』

사자성어 속초위인束草爲人

해설 주변 상황은 수시로 변할 수 있기 때문에 언제나 경계심을 늦추어서는
안된다. 새들이 허수아비와 연못 주인을 가려내지 못하고 잡혀 목숨을
잃으니 이 경우에도 새가 사람만 못하다.

귀신도 악인을 무서워한다

길가에 사당이 하나 있는데 아담하고 장식이 화려하
였다. 앞에 도랑이 흐르는데 물이 불면 건너다니기가
불편하였다.

길 가던 사람이 건널 수가 없어서 주변을 두리번거리
다가 사당 안에 모셔져 있는 신상을 번쩍 들어다가 개
울에 걸쳐 놓고 밟고 건넜다.

뒤에 온 마을 사람이 현장을 보고 황공스러워하며 옷
자락으로 흙먼지를 털어내고

"누가 무엄하게 신령님을 이 꼴로 만들었담!"

라고 말하며, 신상을 다시 제자리에 모셔놓고 두 번
절하고 떠났다.

이윽고 사당 안에서 도깨비와 신상이 서로 주고받는
이야기 소리가 새어 나왔다.

도깨비가

"대왕께서 이곳에 계셔서 마을 사람들이 한결같이 공경하며 철따라 제사까지 모시고 있는 터에 어리석은 과객에게 이런 수모를 당하시다니… 어찌 혼줄을 좀 내주시지 않고요?"

라고 호들갑을 떨었다.

그러자 대왕께서

"혼을 내주려면 뒤에 온 사람에게나 혼을 내야지…"

하고 대꾸하였다.

그러자 도깨비는 자못 놀라워하며

"앞사람은 진흙 발로 대왕님을 밟고 지나갔는데, 어찌 그를 혼내주지 않고 대왕님을 공경하는 뒷사람을 혼내시려 합니까?"

하고 반문하였다.

대왕께서는

"앞사람은 나를 믿지도 않는데, 어떻게 그를 혼낸단 말인가?"
라고 말하는 것이었다.

출전 『애자잡설艾子雜說』

사자성어 이지이거履之而去

해설 미신의 실체를 보는 것 같다. 신도 자기를 믿고 경배하
는 사람들에게는 위세를 부릴 수 있지만, 근본적으로
자기를 믿지 않는 사람은 어찌할 수가 없는 것이다.

그 애비에 그 아들

　제나라에 큰 부자가 있었다.

　아들 둘이 있었는데 모두 아둔하였고 아버지도 그들
을 가르치지 않았다.

　어느 날 애자艾子가 그 아버지에게

　"아드님이 훤칠하게 잘 생겼으나 세상 물정을 잘 모
르니 장차 집안 일을 어떻게 맡기시렵니까?"
하고 걱정스러워 하였다.

　그러자 아버지 되는 사람이 몹시 언짢은 표정을 지으
며

　"아들들이 다 영민하고 재주도 많은데, 어찌 세상 물
정을 모른다 하시오?"
하고 오히려 반문하였다.

　애자는

　"시험하실 것도 없습니다. 집에서 매일 먹는 쌀이 어

디서 오는 것인지나 물어보시지요. 제대로 답을 하면
제가 말을 함부로 한 것에 대하여 사과드리리다."
라고 말하였다.

　아버지는 아들을 불러 물었다. 아들은 별것을 다 물
어본다는 표정을 지으며

　"그야 쌀 포대에서 퍼 오지요."

라고 서슴없이 대답하였다. 아버지는 계면쩍어하면서

　"아들놈이 정말 아둔하기 짝이 없네요. 쌀이야 논에
서 나오는 것 아니던가요?"

하더란다. 그 애비에 그 아들인 셈이다.

출전 『애자잡설艾子雜說』

사자성어 불통세무不通世務

해설 자녀를 낳아 기르는 일 가운데, 자녀들이 제대로 사회
생활할 수 있도록 교육하는 것도 부모된 사람에게는 중
요한 책무 가운데의 하나다.

네 발과 다섯 발의 차이

발 빠른 전령에게 긴급 공문 전달 명령이 하달되었다.

상부에서는 더 빨리 전달하기 위하여 말을 한 필 배당해 주었다.

그런데 전령은 그 말을 타지 않고 말 뒤를 따라 뛰었다.

누군가가

"일이 급한데 어찌 말을 타지 않소?"

하고 물었다. 그 사람은

　"발 여섯으로 달리면, 발 넷으로 달리는 것보다 빠를

것 아니오?"

하고 되묻더란다.

출전 『광소부廣笑府』

사자성어 주마가편走馬加鞭

해설 숫자적으로는 여섯이 넷보다 많다. 그러나 수가 많
다고 하여 꼭 좋은 것은 아니다. 오합지졸烏合之卒
이란 말도 그런 뜻을 지닌다.

목숨 걸고 지키는 약속

어느 상인이 강을 건너다가 배가 뒤집혀 헤엄쳐 가까스로 물가의 풀밭에 닿아 살려달라고 고함쳤다.

마침 근처를 지나던 고기잡이 배가 그곳으로 배를 저어갔다.

배가 닿기도 전에 상인이 급한 목소리로

"나는 도시의 큰 부자인데, 나를 구해주면 일백 냥의 사례를 드리겠오!"

라고 말하였다.

어부가 상인을 구하여 주자, 상인은 사례로 열 냥을 내놓았다.

어부는

"조금 전에 일백 냥을 준다더니, 지금 열 냥을 내놓으니 어디 이럴 수가 있소?"

하고 따졌다.

그러자 상인은 오히려 발끈 화를 내면서

"당신은 어부인 주제에 하루 벌면 얼마를 번다고 열 냥이 모자라단 말이오?"

하고 되려 억지를 부렸다.

그 뒤 상인이 강을 건너다가 배가 또 바위에 부딪혀 뒤집혔는데 어부가 마침 현장에 있었다.

주변 사람들이

"어찌 살려주지 않소?"

하고 재촉하였으나, 어부는

"이 사람이 전에 물에 빠졌을 때 약속한 돈을 제대로 주지 않은 사람이오."

하며, 서서 보고만 있는 사이 상인은 물에 빠져 죽고 말았다.

출전 『울리자鬱離子』
사자성어 입이시지立而視之
해설 목숨을 걸고 약속을 지키는 사람이 있는가 하면, 목숨을 걸고 약속을 저버리는 사람도 있다. 좋은 대비가 된다.

백 년을 두고 못 잊을 은혜

고을의 허물어진 집 담에 기대어 살던 쓰르라미가 물에 빠져 뱅뱅 돌면서 날개를 퍼득이었다.

귀뚜라미가 이를 불쌍히 여겨 헤엄쳐 가서 등에 업고 육지로 올라왔다.

쓰르라미는 귀뚜라미에게

"이 은혜는 백 년을 두고 잊지 못할 것일세!"

라고 말하였다.

귀뚜라미는 크게 날갯짓을 하고 웃으며

"그대는 겨울 봄이 오고 가는 것조차 모르는 주제에 어떻게 백 년을 두고 나의 은혜를 잊지 못하겠다 하는가?"
라고 말하였다.

출전 『울리자鬱離子』
사자성어 진우대소振羽大笑
해설 과장된 표현은 경우에 따라서는 그 진정성을 의심 받을 수도 있다.

세 사람의 약장수

촉나라 사람 세 사람이 시장에서 약을 팔았다. 그 가운데 한 사람은 좋은 약재만을 사들여 매입가격에 따라 매출가격을 정하고 터무니없는 값을 요구하지 않고, 또 지나친 이윤을 추구하지도 안 했다.

또 한 사람은 좋은 약재, 나쁜 약재를 가리지 않고 사들여 매출가격도 높낮이가 달라 고객의 요구에 따라 약재를 팔았는데 좋은 값을 내는 사람에게는 좋은 약재를 내주고, 값을 적게 내는 사람에게는 저질의 약재를 제공하였다. 다른 한 사람은 좋은 약재는 사들이지 않고 대량으로 등급이 낮은 약재만을 사들여 싸게 팔고, 고객의 수요에 따라 공급량을 정하여 말썽이 생기지 않게 했다. 그리하여 손님이 모두 그곳으로 몰려 가게 문턱을 한 달에 한 번은 교체해야 할 정도였다. 그는 1년여 만에 큰 부자가 되었다.

5
元원
明명

좋은 약재, 나쁜 약재를 가리지 않고 판 사람에게는 손님이 적게 갔으나, 그래도 2년 남짓에 그도 부자가 되었다.

전적으로 좋은 약재만을 취급한 사람 가게에는 찾는 사람이 별로 없어 가게 분위기가 썰렁하여 아침, 저녁 끼니를 이어가기가 어려울 정도였다.

이러한 사정들을 지켜본 울리자鬱離子는

"세상이 이러한데 사람 노릇 제대로 하며 살기도 어렵겠구나!" 하더란다.

출전 『울리자鬱離子』

사자성어 한월일역限月一易

해설 상인은 이윤추구가 목표지만, 그렇다고 세상 모든 사람이 다 행복추구의 권리마저 포기하고 사사로운 이익만을 추구한다면 우리네 삶이 너무 각박하지 않겠는가!

明末清
명말청

6

인공위성과 소달구지

달나라 가는 인공위성에 전기 끊기면
고철 덩어리 되어 지구로 곤두박질

시골길 가는 소달구지는
풀 먹고 물 마시며 뚜벅뚜벅 앞으로 간다 (2013년 11월 3일)

얼음조각

옛날 도성에 얼음으로 사람 모양을 조각하는 사람이 있었다.

조각한 인물상에 고운 옷을 입히고 울긋불긋 장신구까지 달아 마치 살아있는 사람처럼 보였다.

도성이 겨울에는 날씨가 추워 뒤뜰에 세워두면 여러 날이 지나도록 변하지 않았고, 변하면 금세 보수하였다.

매일 관람하는 사람이 수백 명에 이르렀는데 저마다 그 솜씨에 탄복하고 표정까지 살아있어 다들 놀라워하였다.

어느 날 조각가가 구경 온 사람들에게

"누구든 나에게 곡식 서 말만 준다면 그에게 나의 기술을 전해 주리다."

라고 말하였으나, 그의 말에 응답하는 사람이 아무도

없었다.

그러자 조각가는

"나의 조각기술은 대단한 것입니다. 내가 곡식 서 말을 받고 기술을 전수해 주겠다는데 아무도 응하는 사람이 없으니, 이는 도대체 어찌 된 일입니까?"
하고 물었다.

그러자 누군가가 비웃는 표정으로

"당신의 솜씨는 정말 대단하십니다. 그런데 당신은 왜 금이나 보석으로 새겨 옛날 기명器皿처럼 오래도록 변하지 않는 것을 새기지 않습니까? 이제 겨우 얼음이나 조각하여 놀잇감이나 만들고 있으니, 모양이야 그럴싸 하지만 며칠 못 가서 다 녹아버릴 것 아닙니까? 나는 당신의 솜씨가 대단하지만 진실되지 못하고, 마음만 노고로울 뿐 쓸모가 없고, 당장은 볼 거리가 있어 즐겁지만 오래 전해질 수 없으니 그것이 안타까울 뿐입니다."
라고 말하였다.

겉만 번지르르하지 쓸모없는 것도 이와 같다 할 수 있다.

출전 『잠서潛書』

사자성어 교이비진巧而非眞

해설 겉만 화려하고 실질 내용이 없는 것은 세월의 단련을 견뎌내지 못한다.

참새의 초대

참새가 어느 날 비취새와 독수리를 잔치에 초대하였다.

비취새를 보고

"차림이 화려하시니 상석으로 모시겠습니다."

라고 반겼다.

이윽고 나타난 독수리를 보고는

"덩치는 크시나 행색이 초라하시니 하는 수 없이 아래쪽으로 모시겠습니다."

하고, 천대를 하였다.

독수리가 노여워서

"너 이 조무래기야, 어찌 이리 겉모양에 매달리느냐?"

라고 하자,

참새가

"이 세상에 누구 하나 제가 좀팽이이요 안목이 천박
하다는 것을 모르는 이가 있을라고요?"
라고 천연덕스럽게 받아넘기더란다.

출전 『소득호笑得好』

사자성어 소인노재小人奴才

해설 '옷이 날개'라는 말이 있다. 세상 사람들은 흔히 겉모양만 보고 사람을
　　　평가한다. 상대방의 내면 정신세계나 인간적 풍도 따위는 거들떠보지
　　　도 않는다. 경박한 세태라 할 것이다.

소금에 절인 오리가 낳은 알?

갑, 을 두 사람이 우연히 함께 앉아 소금에 절인 오리 알을 먹게 되었다. 갑이

"나는 그동안 싱거운 알만 먹어 왔는데, 이 알은 어찌 이리 짜지?"

하고 이상하게 여겼다.

그러자 을이

6
明 명
末 말
淸 청

"나는 모르는 게 없는 사람이지. 물으셨으니까 말인데, 이 알은 사실은 소금에 절인 오리가 낳은 거라고."
라고 하며, 아는 체를 하였다.

사자성어 갑을양인甲乙兩人

해설 사람이 신도 아닌데 혼자서 이 세상 모든 이치를 다 알 수는 없다. 모르는 일에 대하여는 처음부터 아예 모른다 하면 될 일을 어설프게 아는 체하였다가 나중에 크게 망신당하는 수가 있다.

중국 사람들이 먹는 오리알에는 소금에 절인 'xiandan'과 황토에 겨를 버무려 쌓아서 열로 숙성시킨 'songhuadan'이 있다.

비취새의 새끼 사랑

비취새는 외적의 침범을 막기 위하여 처음에는 높은
곳에 둥지를 튼다.

그러다가 새끼를 낳으면 새끼들이 행여 높은 곳에서
떨어져 다칠까 봐 둥지 높이를 낮춘다.

깃털이 자라면 더욱 사랑
스러워 둥지 높이를 자꾸 낮
추어 결국 사람들에게 잡히
고 만다.

출전 『고금담개古今譚槪』

사자성어 부익애지復益愛之

해설 새들의 사랑에도 큰 사랑이 있고 작은 사랑이 있다. 새
끼가 떨어질까 봐 둥지의 높이를 자꾸자꾸 낮추다가 결
국 사람에게 잡히는 비취새의 새끼 사랑은 '작은 사랑'
이오, 암벽 높은 곳에서 새끼를 밀어 떨어뜨려 제 힘으
로 날게 하는 독수리의 새끼 사랑은 '큰 사랑'이다.

6

明末清
명 말 청

육포로 배를 불리다

진나라 혜제가 궁중에서 잔치를 벌이고 육포를 먹고 있을 때 동쪽으로 순찰 나갔던 관원이 그 고장의 가뭄이 심해서 굶어 죽는 백성들이 속출하고 있다고 아뢰었다.

그러자 황제는

"백성들이 곡식이 없으면 육포라도 먹어서 배를 불릴 것이지, 어찌 굶어 죽기까지 한단 말이냐?"

하더란다.

출전 『전가보 소득호傳家寶 笑得好』

사자성어 민무곡식民無穀食

해설 백성들이 굶어 죽어 나가는데 그런 나라를 황제 혼자 어떻게 지켜낼 수 있었겠는가! 역사는 그런 권력을 눈감아 주지 않는다.

촉蜀 땅의 두 스님

촉 땅의 외진 곳에 두 스님이 살았다.

한 스님은 가난하고, 또 한 스님은 돈이 많았다.

가난한 스님은 돈 많은 스님에게

"남해에 다녀올까 합니다. 어떻겠습니까?"

하고 물었다.

돈 많은 스님이

"나는 여러 해를 두고 배를 사서 남쪽으로 내려갈까 하면서도 아직 뜻을 이루지 못하였는데, 당신은 뭘 믿고 가겠다는 거요?"

하고 걱정스러워 하였다.

가난한 스님은

"물병 하나, 바루 하나면 족하지요."

라고 말하였다.

한 해가 지난 뒤 가난한 스님은 남해를 다녀온 이야

6

明末清 _명_말_청

기를 부자 스님에게 들려주자, 부자 스님은 얼굴에 부끄러운 빛이 돌았다.

출전 『백학당시문집白鶴堂詩文集』

사자성어 일병일발一甁一鉢

해설 가만히 앉아서 기회가 자기를 찾아오기를 기다리는 사람에게는 기회가
오지 않지만, 스스로 나가서 기회를 찾는 사람에게는 기회가 온다.

보석을 가공하여 막돌을 만들다

강녕 땅에 서역에서 온 상인이 어느 집 탁자 위에 놓여 있는 돌멩이를 사고 싶어 여러 차례 그 집을 찾아가 값을 흥정하였다.

집주인은 값을 올려 받을 셈으로 쉽게 내놓지 않고 그 돌에 광택까지 내었다.

다음날 다시 그 집을 찾아온 서역 상인은 돌멩이가 변한 것을 보고 깜짝 놀라면서

"참으로 좋은 보물이었는데, 이제는 쓸모없는 돌멩이가 되고 말았구려!"

하고 아쉬워하며 발길을 돌렸다.

6
明 명말
末 말
清 청

출전 『향조필기香祖筆記』
사자성어 불고이거不顧而去
해설 좋은 원석재료에 어설프게 가공하여 오히려 값을 떨어뜨린 경우다.

호랑이와 나무꾼

나무꾼이 산에서 호랑이를 만났다. 굴 속으로 몸을 피하였는데 호랑이도 따라 들어왔다.

굴이 움푹 파이고 안쪽으로 구불구불 이어져 호랑이가 따라 들어갈 상태가 아닌데, 호랑이는 나무꾼을 잡을 욕심으로 억지로 비비고 들어왔다.

나무꾼은 사태가 급해지자 옆으로 구불구불 뚫린 작은 공간으로 몸을 피하였다.

몇 발자국 앞으로 나가자 밖에서 환한 빛이 새어 들어왔다.

굴 밖으로 나온 것이다.

나무꾼은 서둘러 큰 돌 몇 개를 옮겨 호랑이의 퇴로를 막고 나뭇단을 쌓아 불을 붙여 연기를 피웠다.

호랑이는 온 산이 쩌렁쩌렁 울릴 만큼 큰소리로 울부짖더니 이내 연기에 질식되어 죽고 말았다.

6
明 명말
末 청
清

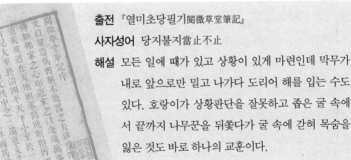

출전 『열미초당필기閱微草堂筆記』
사자성어 당지불지當止不止
해설 모든 일에 때가 있고 상황이 있게 마련인데 막무가
내로 앞으로만 밀고 나가다 도리어 해를 입는 수도
있다. 호랑이가 상황판단을 잘못하고 좁은 굴 속에
서 끝까지 나무꾼을 뒤쫓다가 굴 속에 갇혀 목숨을
잃은 것도 바로 하나의 교훈이다.

남녀유별

    부현薄顯은 옛글도 꽤 읽었고 예의범절도 몸에 익힌 데다가 의약상식도 어느 정도 통했으나 마음 씀씀이가 좀 아둔하여 영락없는 시골 샌님 모습이다.

    어느 날 거드름을 피며 거리를 지나다가 행인을 만나자

    "위魏형 보셨어요?"

하고 물었다.

    누가 위씨가 있는 곳을 알려주자, 그는 여전히 거드름을 피며 위씨를 찾아갔다.

    그는 위씨를 만나자 한참을 숨을 고르며 말이 없었다.

    위씨는 무슨 일로 자기를 찾았느냐고 물었다.

    그제야 부현은

    "제가 우물가에 당도하였을 때 형수님께서는 바느질

을 하시다가 피곤하여 꾸벅꾸벅 졸고 계셨습니다. 형
님 댁 아이가 우물 쪽으로 기어가고 있었는데 우물과
서너 발 정도 밖에는 떨어져 있지 않았습니다.

무슨 일이 일어나지 싶었지만 '남녀유별'인지라, 형
수님을 깨울 수도 없어서 여기저기 형님을 찾아다니던
참이었습니다."

위씨는 부현의 말을 듣자 놀라 급히 우물 있는 쪽으

로 달려 갔다.

　그가 우물 있는 곳까지 당도하였을 때에는 그의 아내가 우물가에 넋 잃고 퍼지르고 앉아 아이 이름을 부르며 통곡하고 있었다.

출전 『열미초당필기閱微草堂筆記』

사자성어 남녀유별男女有別

해설 어린아이의 생사와 관련된 위급한 상황인데도 한가로이 '남녀유별'을 따지고 있었으니, 봉건 유교의 폐해가 참으로 컸었음을 알겠다.

스승에게 고깔 씌워드린 학생

세속적인 표현으로 남에게 아첨하는 말을 건네는 것을 '고깔 씌운다'고 한다.

동문수학 젊은이 두 사람이 처음으로 외직 발령을 받아 부임하기 전에 스승님께 인사를 드리러 갔다.

스승은 그들에게

"요즈음 세상에 올바른 도가 제대로 행하여지지 않으니, 앞으로 누구를 만나든 우선 고깔부터 씌워주어야 하네!"

라고 가르쳤다.

그러자 학생 가운데 한 사람이

"스승님의 말씀이 옳습니다. 요즈음 세상에 스승님처럼 누가 고깔을 씌워주는 것을 달갑게 여기지 않을 사람이 몇이나 되겠습니까!"

라고 말씀드리니, 스승은 매우 기뻐하였다.

하직하고 나오자 그 사람은 동창생을 돌아보며

"스승님 가르치심을 나는 벌써 한번 써먹었네!"

라고 말하였다.

출전 『소소록笑笑錄』

사자성어 직도불행直道不行

해설 혼탁한 세상을 살아가려면 스승님의 가르치심 말고
자기 나름대로의 요령도 지녀야 한다. 남에게 아첨을
잘하는 것도 하나의 처세술일 수 있겠다.

애비가 스승을 모시는 법도

아들을 가르치기 위하여 가정교사를 초빙하였다. 선생님이 오시자, 주인은

"집이 가난하여 여러 가지로 실례를 하게 될 것인데, 어떠실는지요?"

하고 말을 꺼냈다.

선생은

"무슨 겸손의 말씀을 그리 하십니까? 저로서는 다 괜찮습니다."

하고 그 말을 받아 넘겼다.

"밥상에 반찬이 별로 없을 것입니다. 괜찮으실는지요?"

"집에 심부름할 사람이 없어서 청소하고, 마당 쓸고, 문을 여닫는 일도 해주셔야 할 것인데 괜찮으실는지요?"

"괜찮습니다."

"그런데 혹 집안의 아녀자들이 시장에 자질구레한

물건을 사러 가는 일도 대신해주셔야 할 경우도 있을
것인데, 괜찮으실는지요?"

"좋습니다. 그렇게 하지요."

그러자 주인은

"그렇다면 다행입니다."

라고 말하였다.

선생님은 "그런데 저도 한 말씀드릴게 있는데 괴이
쩍하게 여기지 말아 주세요."라고 말을 꺼냈다.

주인이

"무슨 말씀이신지요?"

하고 물었다.

선생님은

"부끄러운 말씀이지만, 저는 어려서부터 배운 것이
없습니다."

라고 말하자,

　주인은

　"무슨 겸손의 말씀을 그리하십니까?"

하고 응대하였다.

　선생님은 주인에게

　"제가 어찌 주인을 속이겠습니까? 저는 일자무식이

랍니다."

라고 말하는 것이었다.

출전 『일소一笑』
사자성어 하언지겸何言之謙
해설 처음부터 잘못 설정된 관계로, 그저 한번 웃어보자고 꾸민 이야기일 텐
　　데 뒷맛이 개운치 못하다.

양보가 오히려 지름길

　아버지와 아들 두 사람이 다 성미가 깐깐하여 무슨 일이건 남에게 양보하는 일이 없었다.

　어느 날, 아버지가 손님에게 술대접을 하면서 아들을 시켜 장에 가서 고기를 사 오도록 하였다.

　아들이 고기를 사가지고 성문을 나서려는데, 마침 맞은편에서 사람이 하나 오는데 서로 비껴가지 않고 그 자리에 꼿꼿하게 서서 버티었다.

아버지가 아들을 찾아 나왔다가 그 광경을 보고 아들에게

"내가 여기서 저 사람과 버티고 서 있을 것이니, 너는 냉큼 고기를 가지고 가서 손님 접대를 하고 있거라!"

라고 일렀다.

출전 『광소부廣笑府』

사자성어 불긍양인不肯讓人

해설 길을 가다 막히면 돌아갈 줄도 알아야 한다. 서로 한 발씩 양보하면 일이 잘 풀릴 것도 고집스럽게 맞서기만 하면 결국은 파탄에 이른다.

쥐를 잡지 않는 고양이

쥐가 극성을 부리는지라, 집주인이 비싼 값으로 날 샌 고양이 한 마리를 입양하였다.

그리고 맛있는 생선이나 고기를 먹이고 푹신한 잠자리도 마련해 주었다.

신간이 편해진 고양이는 아예 쥐를 잡을 생각조차 하지 않고 마침내는 쥐와 어울려 놀아나 쥐의 행패가 더욱 심해졌다.

주인은 노여워 더 이상 고양이를 먹이지 않고, 혼자서 세상에 쓸 만한 고양이가 없음을 한탄하였다.

6

明末清 명말청

출전 『이식록耳食錄』

사자성어 기포차안旣飽且安

해설 집주인이 비싼 값으로 고양이를 입양한 것은 쥐를 잡기 위해서였다. 그런데 고양이가 쥐는 잡지 아니하고 오히려 쥐들과 어울려 놀아나니, 이는 고양이가 제 본분을 망각한 짓이다. 포도청의 포교들이 도둑과 한패가 되어 놀아난다면 나라의 기강이 해이해질 것이고 백성들의 삶이 그만큼 고단해질 것이다.

ㅂ

ㅅ

ㅇ

479

● 中國의 寓言故事
세월이 빚어낸 지혜와 웃음

초판 인쇄 2015년 9월 21일
초판 발행 2015년 9월 25일

엮은이 | 이병한
디자인 | 이명숙 · 양철민
발행자 | 김동구
발행처 | 명문당(1923. 10. 1 창립)
주 소 | 서울시 종로구 윤보선길 61(안국동)
         우체국 010579-01-000682
전 화 | 02)733-3039, 734-4798(영), 733-4748(편)
팩 스 | 02)734-9209
Homepage | www.myungmundang.net
E-mail | mmdbook1@hanmail.net
등 록 | 1977. 11. 19. 제1~148호

ISBN 979-11-85704-39-5 (03820)
20,000원